瑞蘭國際

瑞蘭國際

最簡單！最好學！

日語50音

聽・說・讀・寫

一本通 新版

元氣日語編輯小組 編著

超簡単で超効果的！
日本語五十音ラクラク習得術

「五十音の教材って、たくさんありすぎてどれを手にしていいか分からない」

「日本語は読めるけど、書けなくて困ったことがある」

「むりなく楽して、五十音をゲットしたい」

——そんな人たちにぴったりの五十音教材ができました！

じつは筆者自身、すでに何冊もの五十音教材の作成に携わっており、書店に並べられた驚くほどの教材の数々に圧倒され、もうこれ以上書ける内容はないと思ったこともあります。でも、これら似たり寄ったりの教材を見比べてみると、どの本にも必ず長所と欠点があり、改善の余地がまだまだあることに気がついたのです。そこで、経験豊富な編集部スタッフたちがありったけの知恵を絞り出して完成させたのがこの本です。

本書には、日本語五十音の「話す・聞く・読む・書く」の四技能をバランスよく伸ばすための細工が、隅々に施されています。QRコーを読み取り、リズムに合わせて楽しみながら読み進めていくうちに、ある日突然、正確な日本語の音のすべてが身についているというわけです。さらに、ひらがなとカタカナを音声と結びつけて覚えることで、記憶をフル活用できるようレイアウトにも工夫をこらしました。日本語の発音や発声の基本訓練から、アクセント、イントネーション、リズム練習まで、楽しく学べる一冊となっています。

最後に、本書にはみなさんがよく知っている、実際に役立つ実用的な日本語が満載されています。ですから、学習意識を高めながら、途中であきらめることなく、楽しく学び続けることが可能です。さあ、まずは本書を鞄につめこみましょう。ひまなときいつでも取り出して、音楽を聴くように、または絵本をめくるように、気楽に五十音をマスターしちゃいましょう。

こんどうともこ

超簡單！最有效！
日語 50 音輕鬆學習術

「50音的教材多到不行，真不知要選哪一本？」

「日語看是看得懂，但不會寫，真傷腦筋！」

「想不費工夫，輕鬆學會50音！」

——符合這些人需求的50音教材，就此誕生了！

其實筆者本身已寫過好幾本50音教材，陳列在書店裡，和為數眾多的著作混雜一起，甚至也認為50音教材就是這樣了，不會再有更好的作品。然而，當比較過這些大同小異的教材之後，還是會發現儘管每本書都有優缺點，但真的還可以更好！於是，經驗豐富的編輯小組傾所有智慧，絞盡腦汁，完成了這本最適合所有初學者的50音教材。

為了讓讀者均衡掌握日語50音「聽」、「說」、「讀」、「寫」四大技能，本書所下的工夫隨處可見。只要掃描QR Code，隨著節奏一邊開口一邊快樂地往前學習，不知不覺在某一天，便能說出一口正確的日語。此外，本書也十分用心，不但運用平假名、片假名和聲音連結在一起的方式強化記憶，還設計出別出心裁的版型全面活化學習。也就是說，這是一本從日語發音和發聲的基本訓練，一直到重音、語調、節奏練習面面俱到、可以快樂學習的一本好書。

最後，由於本書滿載著大家耳熟能詳、可以實際運用於生活上的實用日語，所以不但能提升讀者們的學習意識，不會半途而廢，還能持續快樂學習。總之，先把這本書放進自己的包包裡吧！有空的時候拿出來，像聽音樂或像翻圖畫書一樣，輕鬆學好50音！

こんどうともこ

（中譯　王愿琦）

PART 1 ～ 3 日語 50 音學得好

透過「聽→説→讀→寫」四大學習核心步驟，一步一腳印熟悉日語 50 音吧！

STEP 1 聽一聽

由日籍名師錄製標準日語發音音檔，隨時隨地跟著老師練習，開口就說出一口標準的日語！

清音

PART 1 清音、鼻音學得好

STEP 1
聽一聽，老師怎麼説！

MP3-014

さ サ

—發音—
sa

STEP 2 説一説

請跟著發音解說及音檔大聲朗讀出來，順便矯正發音！

STEP 2
説一説，發音最標準！

嘴巴自然地張開，發出類似「撒」的聲音。

さ さ サ

42

STEP3
讀一讀，さ / サ 有什麼呢？

• さくら【桜】
sa.ku.ra（櫻花）

• さしみ【刺身】
sa.shi.mi（生魚片）

• さとう【砂糖】
sa.to.o（糖）

• サウナ
sa.u.na（三溫暖）

STEP 4
寫一寫，記得快又牢！

さ	さ	さ	さ	さ	さ	さ
サ	サ	サ	サ	サ	サ	サ

43

STEP 3 讀一讀

學完發音，馬上學習相關單字，加強記憶！

STEP 4 寫一寫

寫一寫才記得牢！學完立刻照著筆順練習，保證愈寫愈上手！

書側索引

側邊索引標籤標示對應全書章節，方便瀏覽查詢，學習效率更加倍！

PART 4
實用字彙記得牢

透過「聽→說→讀→寫」四大學習核心步驟，熟悉發音、學習最貼近生活的實用字彙！

STEP 1 聽一聽

由日籍名師錄製標準日語發音音檔，隨時隨地跟著老師練習，輕鬆建立龐大單字庫！

STEP 2 說一說

在此跟著音檔朗讀單字，大聲開口說出來！

STEP 3 讀一讀

看著單字讀一讀，把單字牢牢記在心中！

STEP 4 寫一寫

動手練習寫一寫加強印象，熟悉假名及發音後，學會最實用的單字！

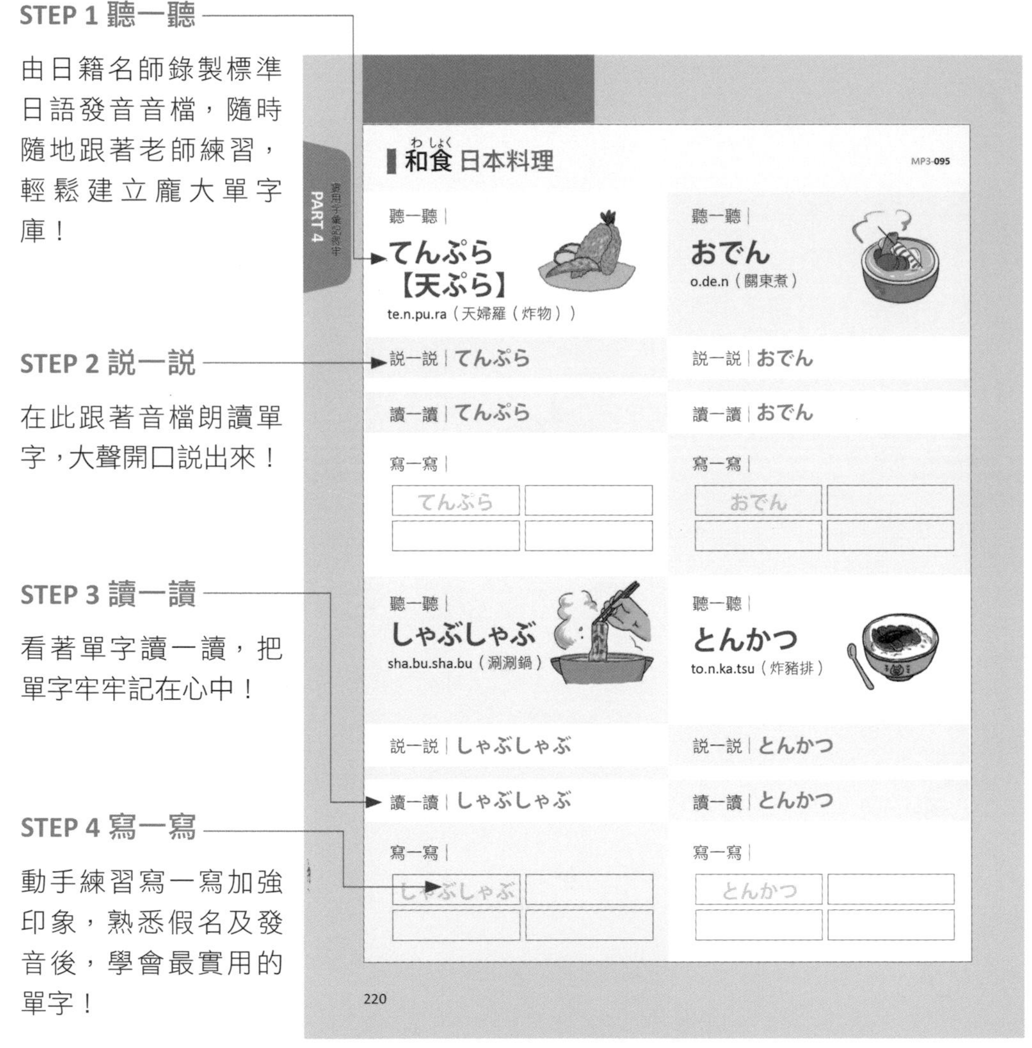

PART 5 生活會話開口說

透過最實用的生活會話，
開始與日本人交談吧！

九大情境

本章節精心規劃九大超實用會話情境，羅列出日常生活中常用的會話，快跟著音檔說說看吧！

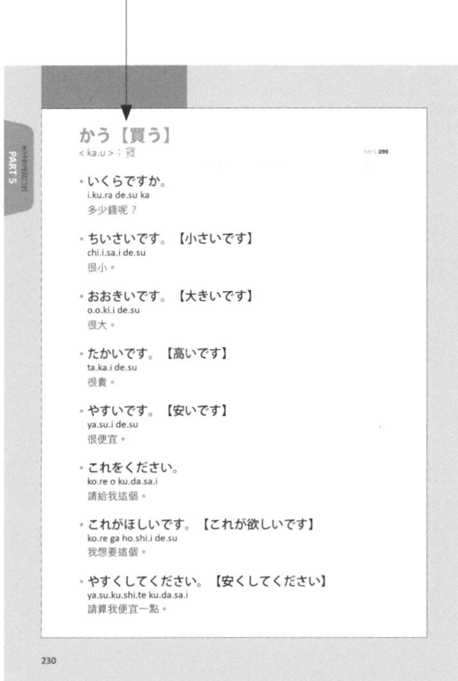

PART 5

かう【買う】

< ka.u >：買

MP3 099

- いくらですか。
  i.ku.ra de.su ka
  多少錢呢？
- ちいさいです。【小さいです】
  chi.i.sa.i de.su
  很小。
- おおきいです。【大きいです】
  o.o.ki.i de.su
  很大。
- たかいです。【高いです】
  ta.ka.i de.su
  很貴。
- やすいです。【安いです】
  ya.su.i de.su
  很便宜。
- これをください。
  ko.re o ku.da.sa.i
  請給我這個。
- これがほしいです。【これが欲しいです】
  ko.re ga ho.shi.i de.su
  我想要這個。
- やすくしてください。【安くしてください】
  ya.su.ku.shi.te ku.da.sa.i
  請算我便宜一點。

230

如何掃描 QR Code 下載音檔

1. 以手機內建的相機或是掃描 QR Code 的 App 掃描封面的 QR Code。
2. 點選「雲端硬碟」的連結之後，進入音檔清單畫面，接著點選畫面右上角的「三個點」。
3. 點選「新增至『已加星號』專區」一欄，星星即會變成黃色或黑色，代表加入成功。
4. 開啟電腦，打開您的「雲端硬碟」網頁，點選左側欄位的「已加星號」。
5. 選擇該音檔資料夾，點滑鼠右鍵，選擇「下載」，即可將音檔存入電腦。

目次

PART 4 | 實用字彙記得牢 —— 194

PART 5 | 生活會話開口說 —— 226

日語音韻表

清音・鼻音

MP3-001

	あ段	い段	う段	え段	お段
あ行	あ ア a	い イ i	う ウ u	え エ e	お オ o
か行	か カ ka	き キ ki	く ク ku	け ケ ke	こ コ ko
さ行	さ サ sa	し シ shi	す ス su	せ セ se	そ ソ so
た行	た タ ta	ち チ chi	つ ツ tsu	て テ te	と ト to
な行	な ナ na	に ニ ni	ぬ ヌ nu	ね ネ ne	の ノ no
は行	は ハ ha	ひ ヒ hi	ふ フ fu	へ ヘ he	ほ ホ ho
ま行	ま マ ma	み ミ mi	む ム mu	め メ me	も モ mo
や行	や ヤ ya		ゆ ユ yu		よ ヨ yo
ら行	ら ラ ra	り リ ri	る ル ru	れ レ re	ろ ロ ro
わ行	わ ワ wa				を ヲ o
	ん ン n				

濁音・半濁音

MP3-002

が ガ ga	ぎ ギ gi	ぐ グ gu	げ ゲ ge	ご ゴ go
ざ ザ za	じ ジ ji	ず ズ zu	ぜ ゼ ze	ぞ ゾ zo
だ ダ da	ぢ ヂ ji	づ ヅ zu	で デ de	ど ド do
ば バ ba	び ビ bi	ぶ ブ bu	べ ベ be	ぼ ボ bo
ぱ パ pa	ぴ ピ pi	ぷ プ pu	ぺ ペ pe	ぽ ポ po

拗　音

MP3-003

きゃ キャ kya	きゅ キュ kyu	きょ キョ kyo	しゃ シャ sha	しゅ シュ shu	しょ ショ sho
ちゃ チャ cha	ちゅ チュ chu	ちょ チョ cho	にゃ ニャ nya	にゅ ニュ nyu	にょ ニョ nyo
ひゃ ヒャ hya	ひゅ ヒュ hyu	ひょ ヒョ hyo	みゃ ミャ mya	みゅ ミュ myu	みょ ミョ myo
りゃ リャ rya	りゅ リュ ryu	りょ リョ ryo	ぎゃ ギャ gya	ぎゅ ギュ gyu	ぎょ ギョ gyo
じゃ ジャ ja	じゅ ジュ ju	じょ ジョ jo	びゃ ビャ bya	びゅ ビュ byu	びょ ビョ byo
ぴゃ ピャ pya	ぴゅ ピュ pyu	ぴょ ピョ pyo			

聽說讀寫，
學習日語50音，真的一本就通！

1. 學日語，為何要先學50音？

台灣和日本一衣帶水，有很深的淵源，除了英語之外，學習日語，一直是國人的首選。然而學習日語，為什麼要先學50音呢？我們先來看看以下這段會話。

はじめまして。	初次見面。
王（おう）です。	敝姓王。
どうぞよろしくお願（ねが）いします。	請多多指教。

上面這段會話，是新認識朋友（或客戶）必說的話。

如果您完全沒有接觸過日語，從上面這段話，可以看出裡面有一些不認識的字（符號），例如「はじめまして」或者是「です」，這些就是日語的50音，更正式的說法是日文的「假名」；還有一些我們用中文看得懂的字，例如「王」或者是「願」，這些就是日文的「漢字」。分析如下：

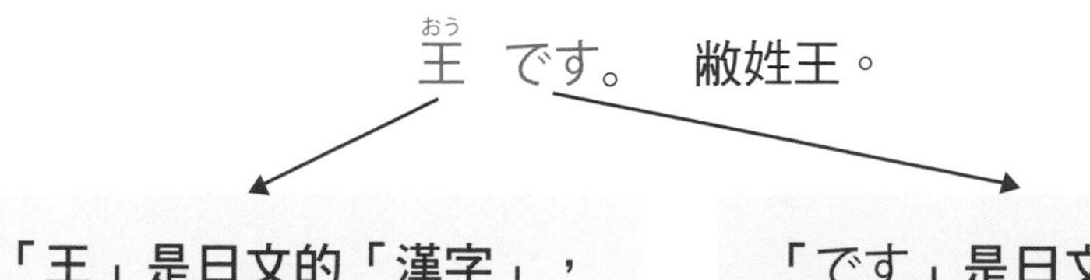

「王」是日文的「漢字」，「王」上面的假名「おう」是「王」這個漢字的發音。

「です」是日文的「假名」，它既是文字，也是發音。

沒錯！日文就是由「漢字」和「假名」組合而成的。而其發音，不管漢字、非漢字，全部都得靠假名。誠如我們在台灣學習中文時，必須先學會ㄅ、ㄆ、ㄇ、ㄈ等注音符號來協助中文發音，若想開口說日語，就必須倚重假名。所以要學日語，當然就必須先學會假名，也就是先學會50音囉！

2. 日語50音不只是50音，總共有105個音！

然而所謂的日語50音，不是只有50個音而已喔！日語50音基本上只是一個代稱，其實真正的音（假名），總共有105個。說明如下：

日語50音表

分類	音（假名）	音（假名）數
清音	あ・い・う・え・お　か・き・く・け・こ さ・し・す・せ・そ　た・ち・つ・て・と な・に・ぬ・ね・の　は・ひ・ふ・へ・ほ ま・み・む・め・も　や　・　ゆ　・　よ ら・り・る・れ・ろ　わ　　・　　を	45
鼻音	ん	1
濁音	が・ぎ・ぐ・げ・ご　ざ・じ・ず・ぜ・ぞ だ・ぢ・づ・で・ど　ば・び・ぶ・べ・ぼ	20
半濁音	ぱ・ぴ・ぷ・ぺ・ぽ	5
拗音	きゃ・きゅ・きょ　しゃ・しゅ・しょ ちゃ・ちゅ・ちょ　にゃ・にゅ・にょ ひゃ・ひゅ・ひょ　みゃ・みゅ・みょ りゃ・りゅ・りょ　ぎゃ・ぎゅ・ぎょ じゃ・じゅ・じょ　びゃ・びゅ・びょ ぴゃ・ぴゅ・ぴょ	33
促音	っ	1

有這麼多音（假名），怎麼記得起來呢？別擔心，基本上只要能夠把45個清音以及1個鼻音記起來，其他不管是「濁音」、「半濁音」、「拗音」、「長音」、「促音」等等，無論發音或寫法，都是運用清音加以變化而已，一點都不難，所以大家才會統稱這些，叫做日語50音啊！

3. 如何運用日語50音，迅速學會日語單字？

常聽人家說，學日語好簡單。的確，誠如上面所提，由於日語50音不但是文字，同時也是發音，所以只要學會50音，等於一箭雙鵰，同時學會聽、說、讀、寫日語。舉例如下：

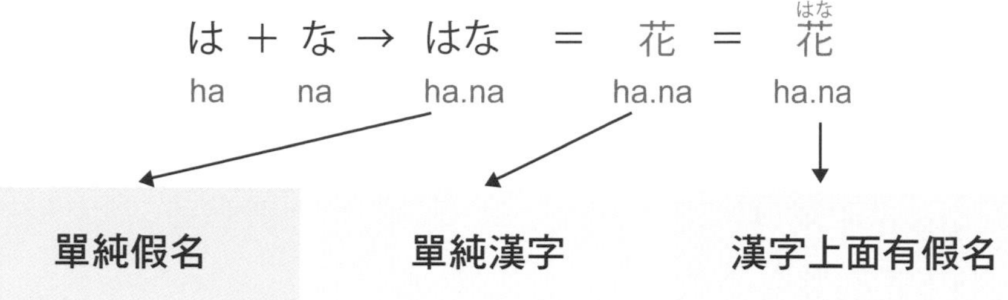

上面這三個字，無論「單純假名」、「單純漢字」、「漢字上面有假名」，雖然外型不同，但其實是同一個字，寫哪一個都對，中文意思都是「花」。而其發音，也通通相同，全部都唸「はな」< ha.na >。

所以，只要知道日語50音當中的「は」和「な」的寫法和唸法，並且知道「は」和「な」組合在一起變成「はな」，發音是< ha.na >，漢字是「花」，中文意思是「花」，那麼日語單字，不過就是50音的排列組合而已。只要會假名（50音），無論遇到哪一個生字，通通唸得出來。

4. 日語50音的假名，有「平假名」和「片假名」之分！

值得一提的是，日語的假名有「平假名」和「片假名」之分，二者皆源於中文。「平假名」是利用草書的字型創造而成，而「片假名」是利用楷書的偏旁所產生。「平假名」頻繁使用於一般文章中，「片假名」多用於「外來語」（從日本國外來的語言）、「擬聲擬態語」（模擬聲音和狀態的言語）或「強調語」（需要特別強調的語彙）。而前面也提到，日文是由「漢字」和「假名」組合而成的，而這假名，就包含「平假名」和「片假名」。分析如下：

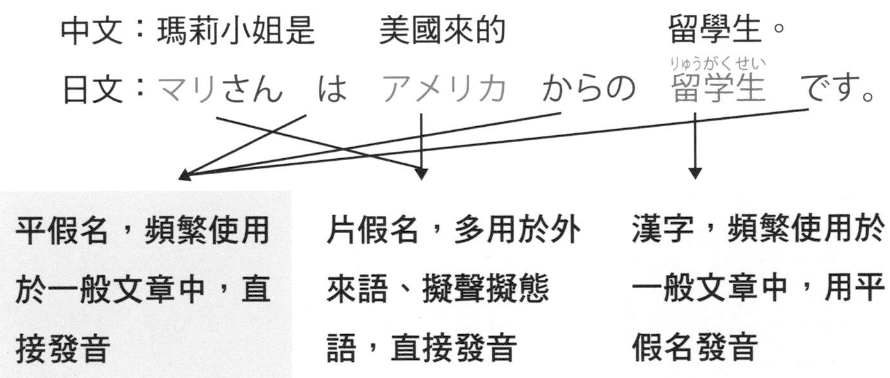

突然還要學一套片假名，是不是很難呢？不用擔心，基本上每一個「平假名」都有一個相對應的「片假名」，不但發音完全一模一樣，字也長得很像，不難記的！

5. 活用4大心法，日語50音，聽說讀寫一本通！

有了基本概念後，運用本書4大學習心法，將讓您日語50音，聽、說、讀、寫一本通！

STEP1 邊聽邊學： 聽一聽！由日籍老師親自錄音，標準東京腔，聽得清楚，學得更快！

STEP2 邊說邊學： 說一說！先閱讀發音要領，再跟著音檔大聲複誦，日語發音好容易！

STEP3 邊讀邊學： 讀一讀！不要害羞勇於開口，一邊讀著單字，一邊就學會了！

STEP4 邊寫邊學： 寫一寫！照著筆順，平假名、片假名一起練習，加強印象記得牢！

本書的每一個跨頁，均運用上述的聽、說、讀、寫4大學習心法，讓您在最輕鬆的環境下學會日語50音。除此之外，最後分別還有九大類的實用日語單字以及生活會話，您既可以把它當成學習總複習，也可以用來充實單字量。

這是一本最棒的日語入門書，將幫助您迅速跨越日語學習門檻，達到最扎實的學習效果。準備好了嗎？請眼到→耳到→口到→手到→心到，張開嘴、動動手，一起快樂地《日語50音　聽說讀寫一本通》吧！

元氣日語編輯小組　王愿琦

2023年10月

こんにちは。

ko.n.ni.chi.wa

你好。

Part 1
清音、鼻音學得好

日語共有 45 個清音和 1 個鼻音，是學習日語 50 音的根本！

請聆聽音檔裡面日籍老師的正確發音，跟著開口說，讀一讀相關單字，並練習平假名和片假名的寫法，開開心心地把清音和鼻音學起來吧！

STEP 1
聽一聽，老師怎麼說！

MP3-004

STEP 2
說一說，發音最標準！

嘴巴自然地張開，發出類似「阿」的聲音。

あ あ ア

STEP3
讀一讀，あ / ア 有什麼呢？

- **あい【愛】**
  a.i（愛）

- **あひる【家鴨】**
  a.hi.ru（鴨）

- **あり【蟻】**
  a.ri（螞蟻）

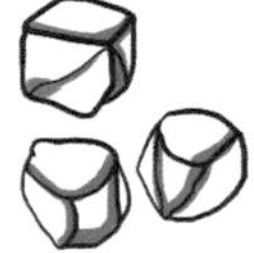

- **アイス**
  a.i.su（冰、冰棒、冰淇淋）

STEP 4
寫一寫，記得快又牢！

STEP 1
聽一聽，老師怎麼說！

MP3-005

STEP 2
說一說，發音最標準！

嘴巴平開，發出類似「伊」的聲音。

いいイ

STEP3
讀一讀，い / イ 有什麼呢？

いえ【家】
i.e（房子）

いす【椅子】
i.su（椅子）

いぬ【犬】
i.nu（狗）

イタリア
i.ta.ri.a（義大利）

STEP 4
寫一寫，記得快又牢！

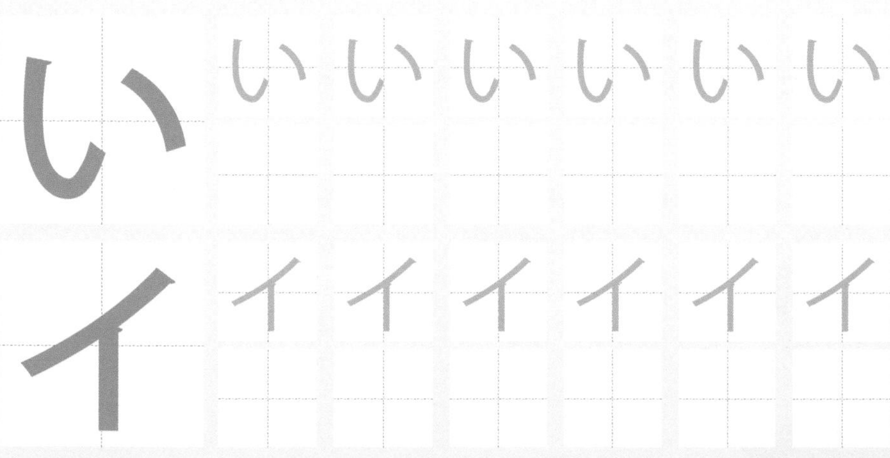

STEP 1
聽一聽，老師怎麼說！

MP3-006

STEP 2
說一說，發音最標準！

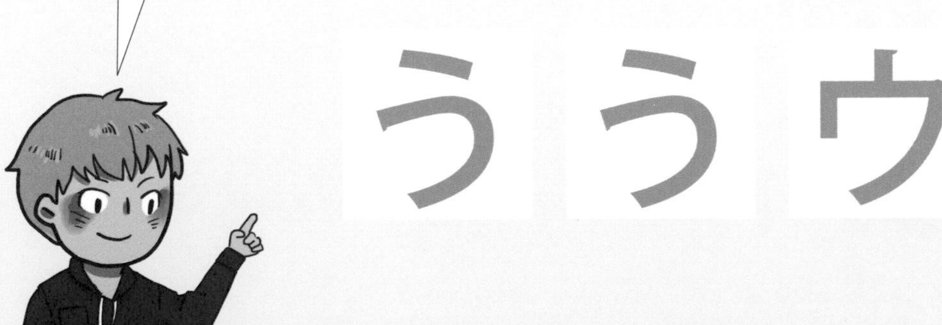

STEP3
讀一讀，う / ウ 有什麼呢？

- うし【牛】
  u.shi（牛）
- うた【歌】
  u.ta（歌）
- うま【馬】
  u.ma（馬）

- ウエスト
  u.e.su.to（腰）

STEP 4
寫一寫，記得快又牢！

う う う う う う う

ウ ウ ウ ウ ウ ウ ウ

STEP 1
聽一聽，老師怎麼說！

MP3-007

STEP 2
說一說，發音最標準！

嘴唇往左右展開，舌尖抵住下排牙齒，
發出類似注音符號「ㄟ」的聲音。

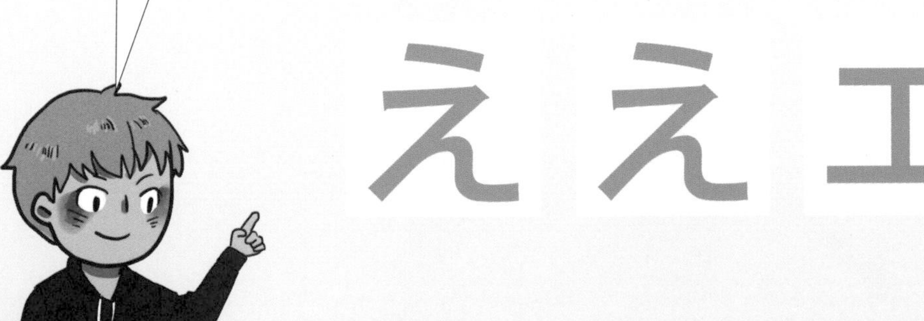

STEP3
讀一讀，え / エ有什麼呢？

● え【絵】
e（畫）

● えき【駅】
e.ki（車站）

● えほん【絵本】
e.ho.n（繪本）

● エアコン
e.a.ko.n（空調）

STEP 4
寫一寫，記得快又牢！

STEP 1
聽一聽，老師怎麼說！

MP3-**008**

STEP 2
說一說，發音最標準！

お お オ

STEP3
讀一讀，お / オ 有什麼呢？

- おかし【お菜子】
  o.ka.shi（點心、零食）

- おとな【大人】
  o.to.na（大人、成人）

- おや【親】
  o.ya（父母親）

- オイル
  o.i.ru（油）

STEP 4
寫一寫，記得快又牢！

お　お お お お お お

オ　オ オ オ オ オ オ

STEP 1

聽一聽，老師怎麼說！

MP3-009

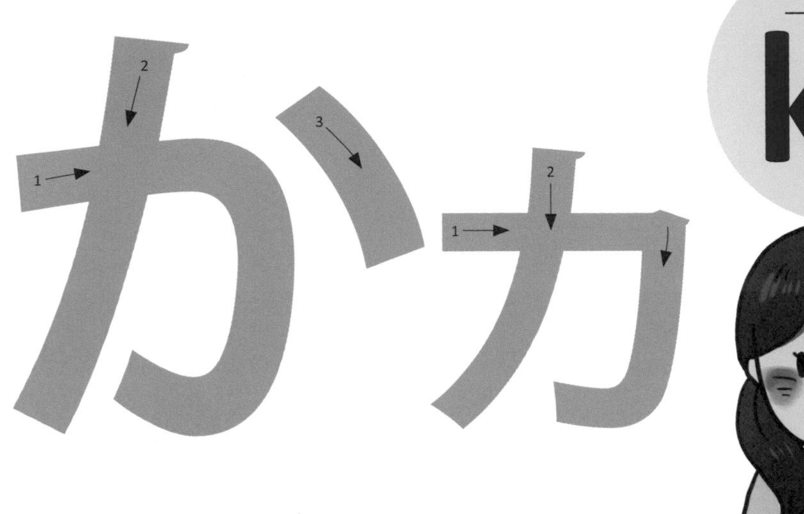

STEP 2

說一說，發音最標準！

嘴巴自然地張開，發出類似「咖」的聲音。

か か カ

STEP3
讀一讀，か / カ 有什麼呢？

- かい【貝】
ka.i（貝殼）

- かえる【蛙】
ka.e.ru（青蛙）

- かさ【傘】
ka.sa（傘）

- カメラ
ka.me.ra（相機）

STEP 4
寫一寫，記得快又牢！

か か か か か か か

カ カ カ カ カ カ カ

STEP 1

聽一聽，老師怎麼說！

MP3-010

STEP 2

說一說，發音最標準！

嘴巴平開，發出類似台語「起床」的「起」的聲音。

STEP3

讀一讀，き / キ 有什麼呢？

- き【木】
  ki（樹木）

ki.ku（菊花）

ki.mo.chi（心情、情緒）

- キス
  ki.su（接吻）

STEP 4

寫一寫，記得快又牢！

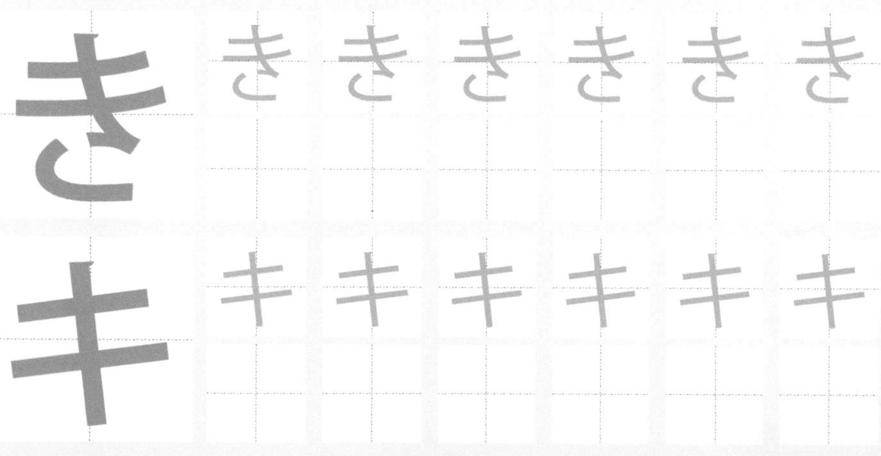

STEP 1
聽一聽，老師怎麼說！

MP3-011

STEP 2
說一說，發音最標準！

く く ク

STEP3
讀一讀，く / ク有什麼呢？

- くさ【草】
  ku.sa（草）

- くつ【靴】
  ku.tsu（鞋子）

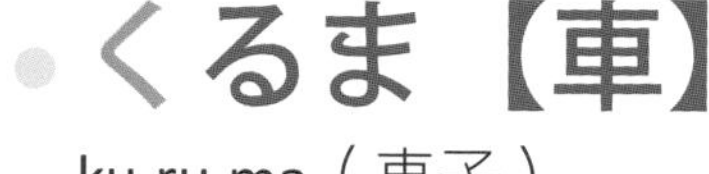

- くるま【車】
  ku.ru.ma（車子）

- クラス
  ku.ra.su（班級）

STEP 4
寫一寫，記得快又牢！

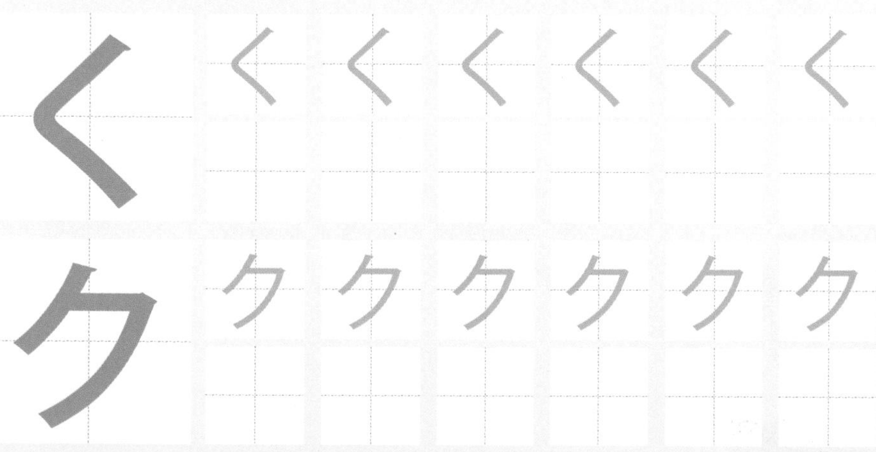

STEP 1
聽一聽，老師怎麼說！

MP3-012

STEP 2
說一說，發音最標準！

嘴唇往左右展開，發出類似英文字母「K」的聲音。

け け ケ

STEP3
讀一讀，け / ケ 有什麼呢？

け【毛】
ke（毛）

けいたい【携帯】
ke.e.ta.i（手機）

けむり【煙】
ke.mu.ri（煙）

ケーキ
ke.e.ki（蛋糕）

STEP 4
寫一寫，記得快又牢！

け　け け け け け け

ケ　ケ ケ ケ ケ ケ ケ

STEP 1
聽一聽，老師怎麼說！

MP3-013

STEP 2
說一說，發音最標準！

嘴唇呈圓形，發出類似台語「元」的聲音。

こ こ コ

STEP3
讀一讀，こ / コ 有什麼呢？

こえ【声】
ko.e（聲音）

こたえ【答え】
ko.ta.e（回答、解答）

こめ【米】
ko.me（米）

ココア
ko.ko.a（可可）

STEP 4
寫一寫，記得快又牢！

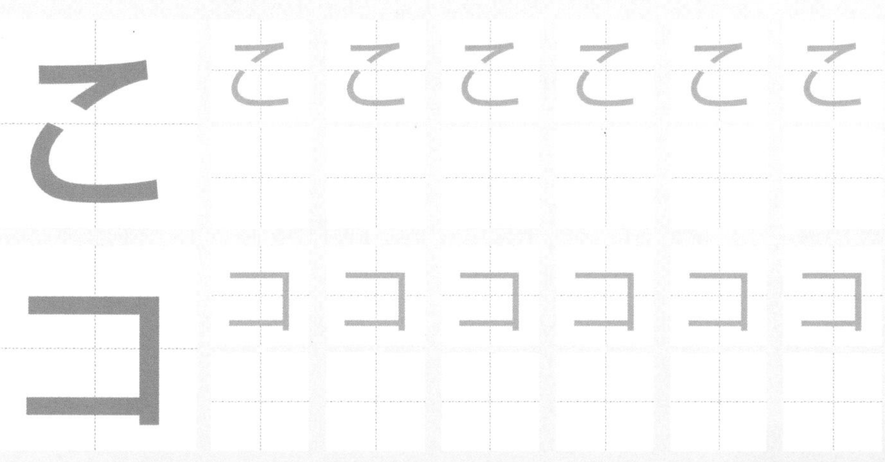

STEP 1
聽一聽，老師怎麼說！

MP3-**014**

STEP 2
說一說，發音最標準！

嘴巴自然地張開，發出類似「撒」的聲音。

さ さ サ

STEP3
讀一讀，さ / サ 有什麼呢？

さくら【桜】

sa.ku.ra（櫻花）

さしみ【刺身】

sa.shi.mi（生魚片）

さとう【砂糖】

sa.to.o（糖）

サウナ

sa.u.na（三溫暖）

STEP 4
寫一寫，記得快又牢！

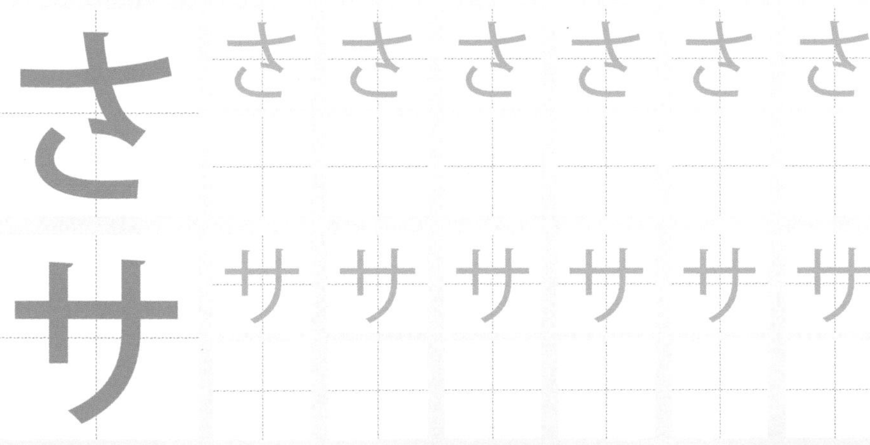

STEP 1

聽一聽，老師怎麼說！

MP3-015

STEP 2

說一說，發音最標準！

STEP3

讀一讀，し / シ 有什麼呢？

● しいたけ【椎茸】

shi.i.ta.ke（香菇）

● しお【塩】

shi.o（鹽巴）

● しけん【試験】

shi.ke.n（考試）

● システム

shi.su.te.mu（系統、組織）

STEP 4

寫一寫，記得快又牢！

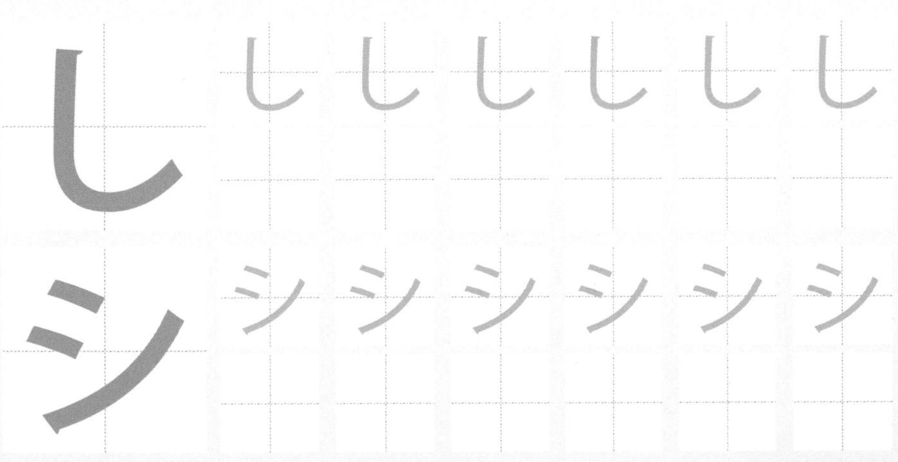

STEP 1
聽一聽，老師怎麼說！

MP3-016

STEP 2
說一說，發音最標準！

STEP3
讀一讀，す / ス 有什麼呢？

- す【酢】
  su（醋）

- すいか【西瓜】
  su.i.ka（西瓜）

- すし【寿司】

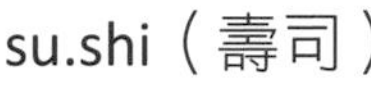

  su.shi（壽司）

- スイス
  su.i.su（瑞士）

STEP 4
寫一寫，記得快又牢！

す す す す す す す

ス ス ス ス ス ス ス

STEP 1
聽一聽，老師怎麼說！

MP3-017

STEP 2
說一說，發音最標準！

嘴唇往左右展開，發出類似台語「洗」的聲音。

せ せ せ

STEP3

讀一讀，せ / セ 有什麼呢？

- せかい【世界】
  se.ka.i（世界）
- せみ【蟬】
  se.mi（蟬）
- せんたくき【洗濯機】
  se.n.ta.ku.ki（洗衣機）

- セール
  se.e.ru（減價、拍賣）

STEP 4

寫一寫，記得快又牢！

せ せ せ せ せ せ せ

セ セ セ セ セ セ セ

STEP 1
聽一聽，老師怎麼說！

MP3-018

STEP 2
說一說，發音最標準！

嘴唇呈圓形，發出類似「搜」的聲音。

そ そ ソ

STEP3

讀一讀，そ / ソ 有什麼呢？

- そこく【祖国】
  so.ko.ku（祖國）

- そと【外】
  so.to（外面）

- そら【空】
  so.ra（天空）

- ソース
  so.o.su（醬汁）

STEP 4

寫一寫，記得快又牢！

STEP 1
聽一聽，老師怎麼說！

MP3-**019**

STEP 2
說一說，發音最標準！

たたタ

STEP3
讀一讀，た / タ 有什麼呢？

- たけ【竹】
ta.ke（竹子）

- たこやき【たこ焼き】
ta.ko.ya.ki（章魚燒）

- たたみ【畳】
ta.ta.mi（榻榻米）

- タイヤ
ta.i.ya（輪胎）

STEP 4
寫一寫，記得快又牢！

た たたたたたた

タ タタタタタタ

STEP 1
聽一聽，老師怎麼說！

MP3-020

STEP 2
說一說，發音最標準！

嘴巴扁平，發出類似「七」的聲音。

ち ち チ

STEP3
讀一讀，ち / チ 有什麼呢？

- **ち【血】**
  chi（血）

- **ちこく【遲刻】**
  chi.ko.ku（遲到）

- **ちち【父】**
  chi.chi（家父）

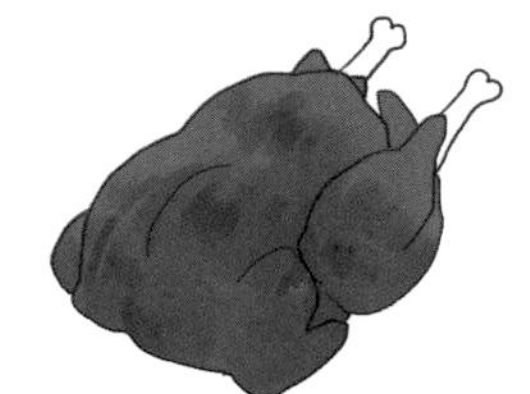

- **チキン**
  chi.ki.n（雞肉）

STEP 4
寫一寫，記得快又牢！

ち　ち ち ち ち ち ち

チ　チ チ チ チ チ チ

STEP 1
聽一聽，老師怎麼說！

MP3-021

STEP 2
說一說，發音最標準！

牙齒微微咬合，從牙齒中間迸出類似「粗」的聲音，
但嘴型是扁的喔。

STEP3
讀一讀，つ / ツ 有什麼呢？

- つき【月】
tsu.ki（月亮）

- つくえ【机】
tsu.ku.e（桌子）

- つめ【爪】
tsu.me（指甲）

- ツアー
tsu.a.a（旅行團、旅遊）

STEP 4
寫一寫，記得快又牢！

STEP 1
聽一聽，老師怎麼說！

MP3-022

STEP 2
說一說，發音最標準！

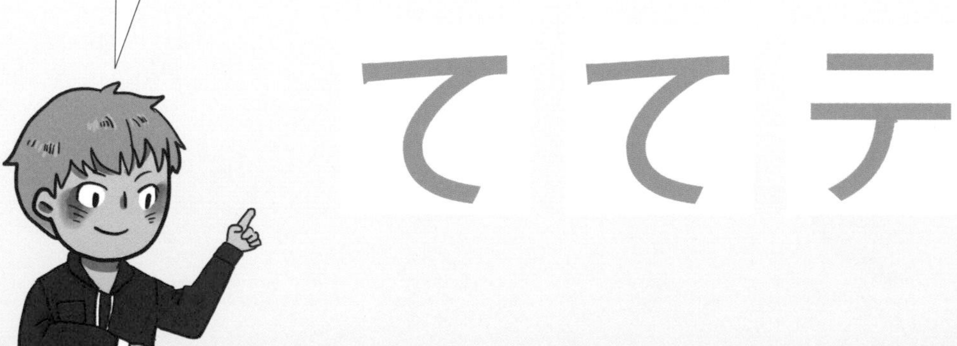

STEP3
讀一讀，て / テ 有什麼呢？

てき【敵】
te.ki（敵人、對手）

てんき【天気】
te.n.ki（天氣）

てんし【天使】
te.n.shi（天使）

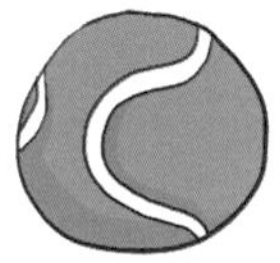

テニス
te.ni.su（網球）

STEP 4
寫一寫，記得快又牢！

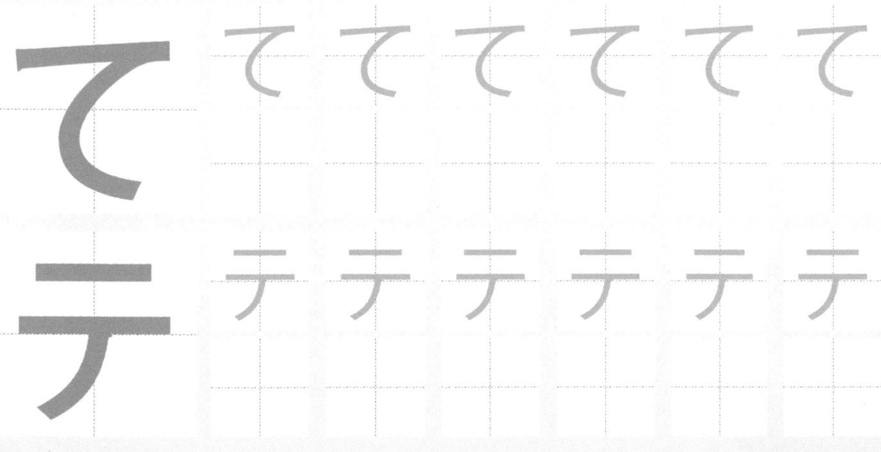

STEP 1
聽一聽，老師怎麼說！

MP3-023

STEP 2
說一說，發音最標準！

嘴唇呈圓形，發出類似「偷」的聲音。

と と ト

STEP3
讀一讀，と / ト 有什麼呢？

- とうふ【豆腐】
  to.o.fu（豆腐）

- とけい【時計】
  to.ke.e（時鐘）

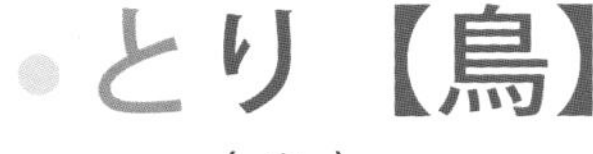

- とり【鳥】
  to.ri（鳥）

- トイレ
  to.i.re（廁所）

STEP 4
寫一寫，記得快又牢！

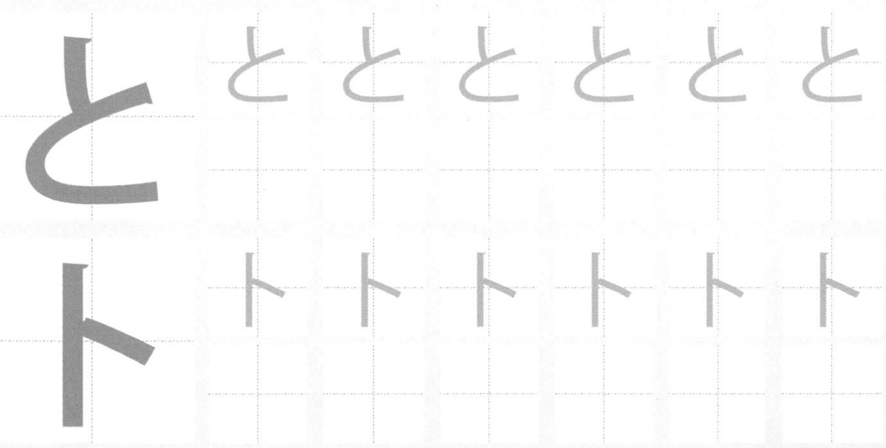

STEP 1
聽一聽，老師怎麼說！

MP3-024

STEP 2
說一說，發音最標準！

嘴巴自然地張開，發出類似「那」的輕聲。

なな ナ

STEP3
讀一讀，な / ナ 有什麼呢？

なし【梨】

na.shi（梨子）

なす【茄子】

na.su（茄子）

なまえ【名前】

na.ma.e（名字）

ナイフ

na.i.fu（小刀、餐刀）

STEP 4
寫一寫，記得快又牢！

な な な な な な な

ナ ナ ナ ナ ナ ナ ナ

STEP 1
聽一聽，老師怎麼說！

MP3-025

STEP 2
說一說，發音最標準！

舌頭抵住上齒，發出類似「你」的輕聲。

に に ニ

STEP3
讀一讀，に / ニ 有什麼呢？

- にく【肉】
  ni.ku（肉）

- にほん【日本】
  ni.ho.n（日本）

- にわとり【鶏】
  ni.wa.to.ri（雞）

- ニコチン
  ni.ko.chi.n（尼古丁）

STEP 4
寫一寫，記得快又牢！

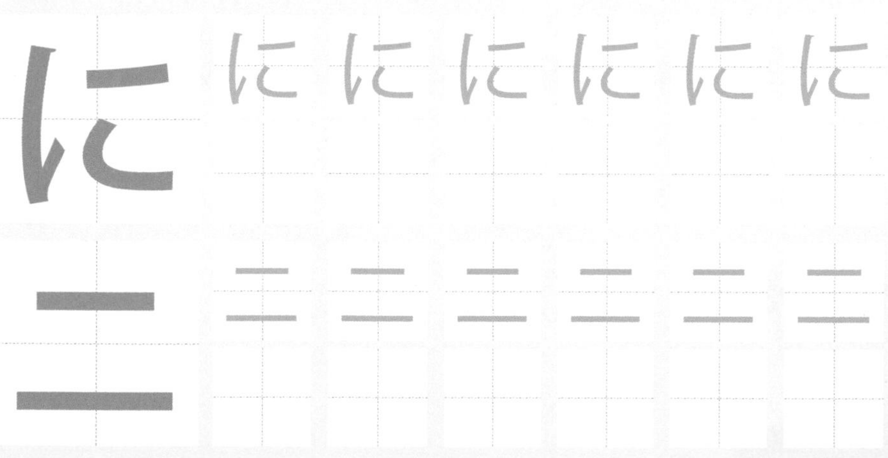

STEP 1
聽一聽，老師怎麼說！

MP3-026

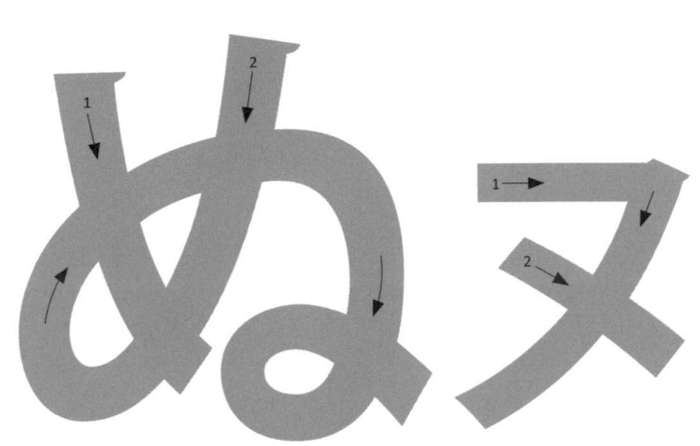

STEP 2
說一說，發音最標準！

嘴角向中間靠攏，發出類似「奴」的輕聲。

ぬ ぬ ヌ

STEP3
讀一讀，ぬ / ヌ 有什麼呢？

ぬの【布】
nu.no（布）

ぬま【沼】
nu.ma（沼澤）

ぬりえ【塗り絵】
nu.ri.e（著色畫、著色本）

ヌード
nu.u.do（裸體）

STEP 4
寫一寫，記得快又牢！

STEP 1
聽一聽，老師怎麼說！

MP3-027

STEP 2
說一說，發音最標準！

嘴巴向左右微開，發出類似「ㄋㄟ」的聲音。

ね ね ネ

STEP3
讀一讀，ね / ネ 有什麼呢？

- ねこ【猫】
  ne.ko（貓）

- ねつ【熱】
  ne.tsu（熱、發燒）

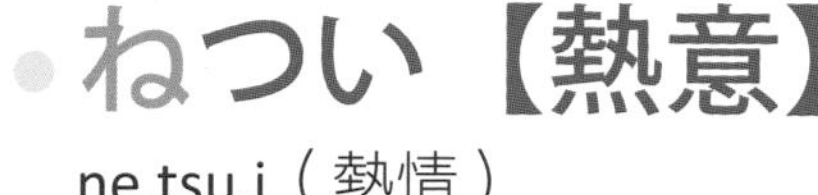

- ねつい【熱意】
  ne.tsu.i（熱情）

- ネクタイ
  ne.ku.ta.i（領帶）

STEP 4
寫一寫，記得快又牢！

ね ね ね ね ね ね ね

ネ ネ ネ ネ ネ ネ ネ

STEP 1
聽一聽，老師怎麼說！

MP3-**028**

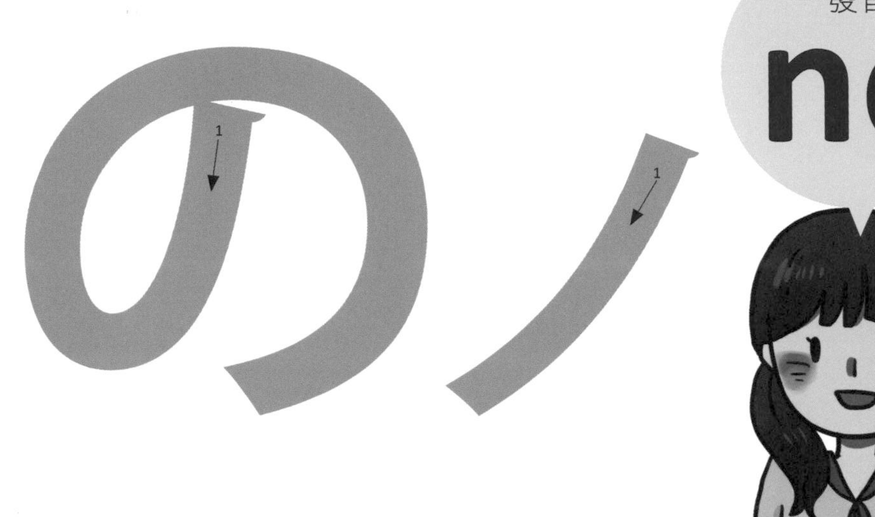

STEP 2
說一說，發音最標準！

嘴唇呈圓形，發出類似英文「NO」的輕聲。

の の ノ

STEP3
讀一讀，の / ノ 有什麼呢？

のみもの【飲み物】
no.mi.mo.no（飲料）

のり【海苔】
no.ri（海苔、漿糊）

のりもの【乗り物】
no.ri.mo.no（交通工具）

ノート
no.o.to（筆記、筆記本）

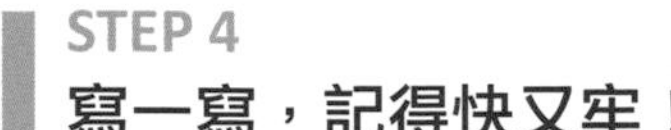

STEP 4
寫一寫，記得快又牢！

STEP 1
聽一聽，老師怎麼說！

MP3-029

STEP 2
說一說，發音最標準！

張開嘴巴，發出類似「哈」的聲音。

ははハ

STEP3
讀一讀，は / ハ 有什麼呢？

- はこ【箱】
  ha.ko（箱子）

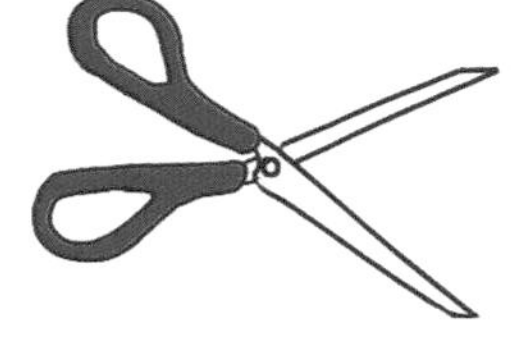

- はさみ【鋏】
  ha.sa.mi（剪刀）

- はなみ【花見】
  ha.na.mi（賞花）

- ハム
  ha.mu（火腿）

STEP 4
寫一寫，記得快又牢！

は　は は は は は は

ハ　ハ ハ ハ ハ ハ ハ

STEP 1
聽一聽，老師怎麼說！

MP3-030

STEP 2
說一說，發音最標準！

嘴角往兩側延展，發出類似台語「希」的聲音。

ひ ひ ヒ

STEP3
讀一讀，ひ / ヒ 有什麼呢？

• ひこうき【飛行機】

hi.ko.o.ki（飛機）

• ひと【人】

hi.to（人）

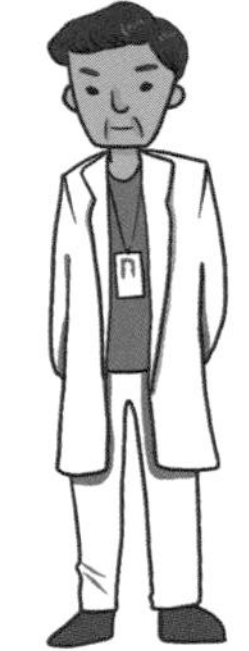

• ひみつ【秘密】

hi.mi.tsu（秘密）

• ヒント

hi.n.to（暗示、提示）

STEP 4
寫一寫，記得快又牢！

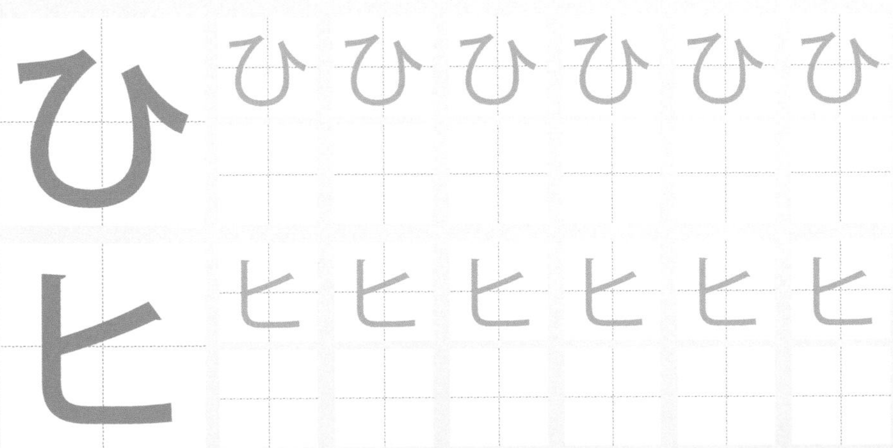

STEP 1
聽一聽，老師怎麼說！

MP3-031

STEP 2
說一說，發音最標準！

以扁唇發出類似「呼」的聲音。

ふ ふ フ

STEP3
讀一讀，ふ / フ 有什麼呢？

ふく【服】
fu.ku（衣服）

ふた【蓋】
fu.ta（蓋子）

ふね【船】
fu.ne（船）

フランス
fu.ra.n.su（法國）

STEP 4
寫一寫，記得快又牢！

STEP 1
聽一聽，老師怎麼說！

MP3-032

STEP 2
說一說，發音最標準！

嘴角往左右拉平，發出類似「黑」的聲音。

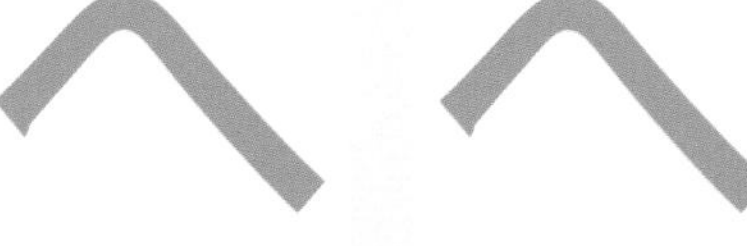

STEP3
讀一讀，へ/へ 有什麼呢？

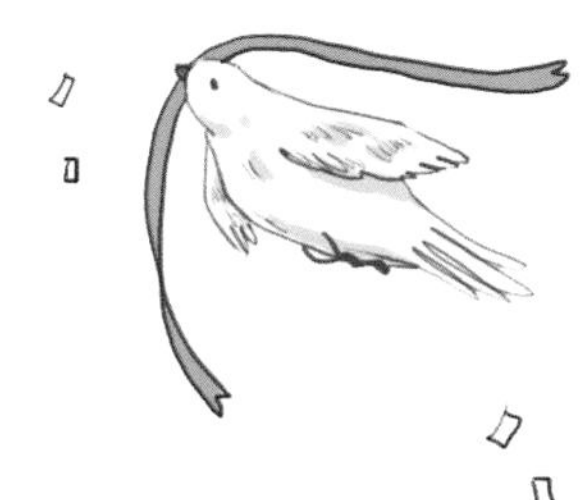

- へいわ【平和】
he.e.wa（和平）

- へた【下手】
he.ta（笨拙、不擅長）

- へや【部屋】
he.ya（房間）

- ヘア
he.a（頭髮、毛）

STEP 4
寫一寫，記得快又牢！

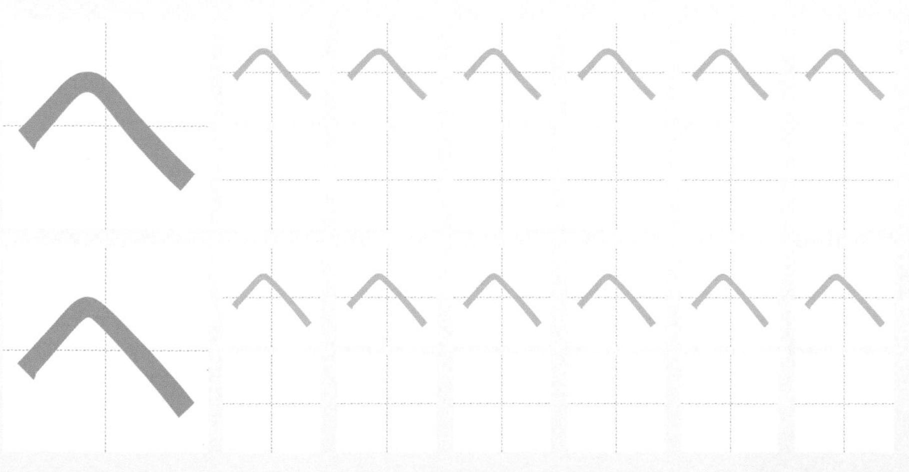

STEP 1
聽一聽，老師怎麼說！

MP3-033

STEP 2
說一說，發音最標準！

嘴唇呈圓形，發出類似台語「下雨」的「雨」的聲音。

ほ ほ ホ

STEP3
讀一讀，ほ / ホ 有什麼呢？

- ほし【星】

ho.shi（星星）

- ほたる【蛍】

ho.ta.ru（螢火蟲）

- ほん【本】

ho.n（書）

- ホテル

ho.te.ru（大飯店）

STEP 4
寫一寫，記得快又牢！

ほ ほ ほ ほ ほ ほ ほ

ホ ホ ホ ホ ホ ホ ホ

STEP 1
聽一聽，老師怎麼説！

MP3-034

STEP 2
説一説，發音最標準！

嘴巴自然地張開，發出類似「嗎」的聲音。

ままマ

STEP3
讀一讀，ま / マ 有什麼呢？

- まえ【前】
ma.e（前面）

- まくら【枕】
ma.ku.ra（枕頭）

- まめ【豆】
ma.me（豆子）

- マウス
ma.u.su（滑鼠）

STEP 4
寫一寫，記得快又牢！

STEP 1
聽一聽，老師怎麼說！

MP3-035

STEP 2
說一說，發音最標準！

嘴唇微微閉合，發出類似「咪」的聲音。

みみミ

STEP3
讀一讀，み / ミ 有什麼呢？

- みせ【店】
  mi.se（商店）
- みみ【耳】
  mi.mi（耳朵）
- みらい【未来】
  mi.ra.i（未來）
- ミルク
  mi.ru.ku（牛奶）

STEP 4
寫一寫，記得快又牢！

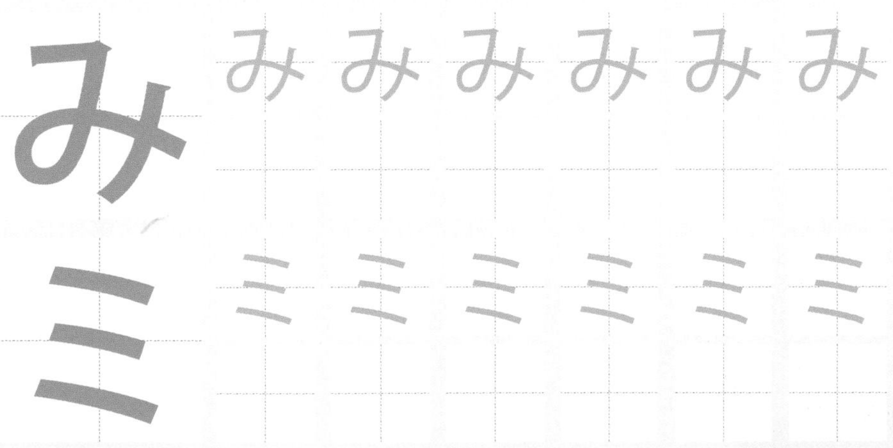

STEP 1
聽一聽，老師怎麼說！

MP3-036

STEP 2
說一說，發音最標準！

嘴角向中間靠攏，發出類似「木」的輕聲。

むむム

STEP3
讀一讀，む / ム 有什麼呢？

- むし【虫】
mu.shi（蟲）

- むすこ【息子】
mu.su.ko（兒子）

- むすめ【娘】
mu.su.me（女兒）

- ムービー
mu.u.bi.i（電影）

STEP 4
寫一寫，記得快又牢！

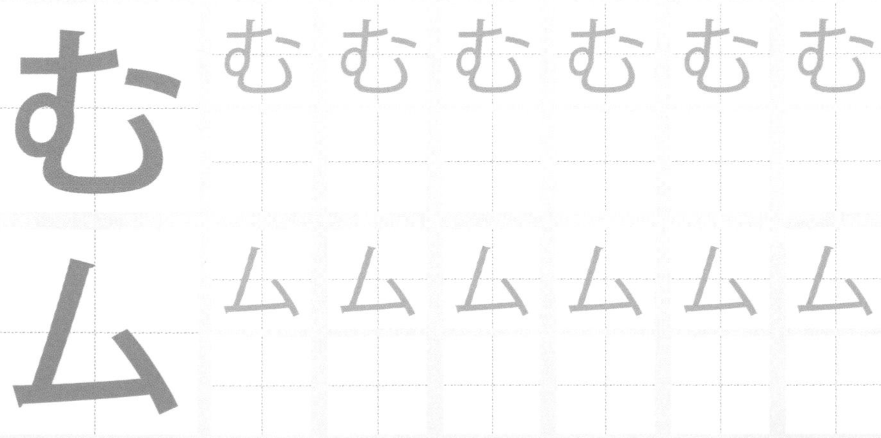

STEP 1
聽一聽，老師怎麼說！

MP3-037

STEP 2
說一說，發音最標準！

嘴巴扁平，發出類似「妹」的輕聲。

め め メ

STEP3
讀一讀，め / メ 有什麼呢？

- め【目】
me（眼睛）

- めまい【目眩】
me.ma.i（暈眩）

- めんつ【面子】
me.n.tsu（面子）

- メロン
me.ro.n（哈密瓜）

STEP 4
寫一寫，記得快又牢！

STEP 1
聽一聽，老師怎麼說！

MP3-038

STEP 2
說一說，發音最標準！

も も モ

STEP3
讀一讀，も / モ 有什麼呢？

- **もしもし**
  mo.shi.mo.shi（講電話時的「喂喂」）

- **もち【餅】**
  mo.chi（年糕）

- **もも【桃】**
  mo.mo（桃子）

- **モラル**
  mo.ra.ru（道德）

STEP 4
寫一寫，記得快又牢！

STEP 1
聽一聽，老師怎麼說！

MP3-039

STEP 2
說一說，發音最標準！

張開嘴巴，發出類似「呀」的聲音。

や　や　ャ

STEP3
讀一讀，や / ヤ 有什麼呢？

- やきにく【焼肉】
  ya.ki.ni.ku（烤肉）

- やさい【野菜】
  ya.sa.i（蔬菜）

- やま【山】
  ya.ma（山）

- ヤング
  ya.n.gu（年輕人）

STEP 4
寫一寫，記得快又牢！

STEP 1
聽一聽，老師怎麼說！

MP3-040

STEP 2
說一說，發音最標準！

ゆ ゆ ユ

STEP3
讀一讀，ゆ / ユ 有什麼呢？

- ゆき【雪】
  yu.ki（雪）

- ゆのみ【湯飲み】
  yu.no.mi（茶杯）

- ゆめ【夢】
  yu.me（夢）

- ユニホーム
  yu.ni.ho.o.mu（制服、運動服）

STEP 4
寫一寫，記得快又牢！

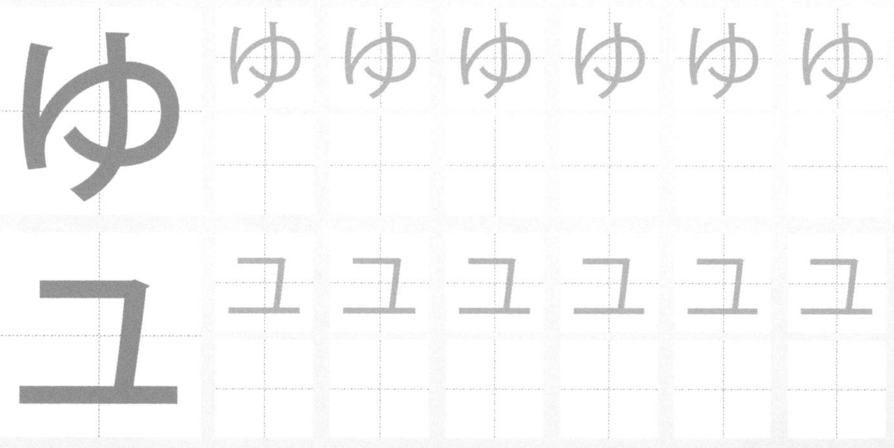

STEP 1
聽一聽，老師怎麼說！

MP3-041

STEP 2
說一說，發音最標準！

嘴唇呈圓形，發出類似「喲」的聲音。

よ　よ　ヨ

STEP3
讀一讀，よ / ヨ 有什麼呢？

- よめ【嫁】
  yo.me（媳婦、內人）
- よみせ【夜店】
  yo.mi.se（夜市）
- よなか【夜中】
  yo.na.ka（半夜）
- ヨーヨー
  yo.o.yo.o（溜溜球）

STEP 4
寫一寫，記得快又牢！

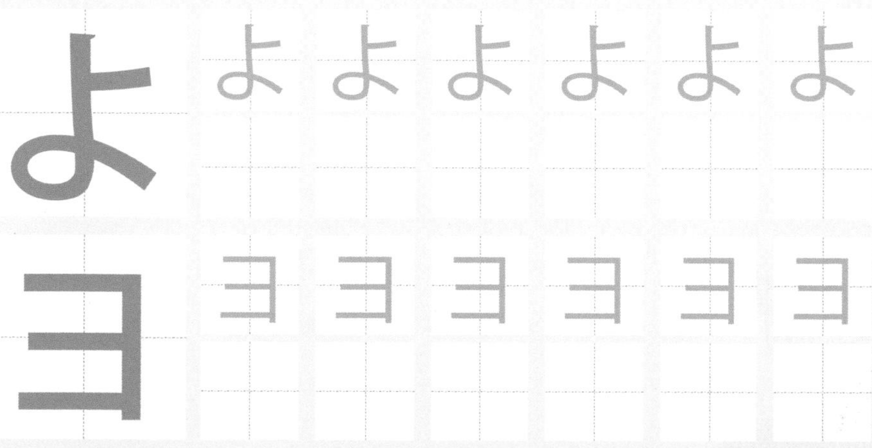

STEP 1
聽一聽，老師怎麼說！

MP3-042

STEP 2
說一說，發音最標準！

舌尖輕彈上齒，發出類似「啦」的聲音。

ら ら ラ

STEP3
讀一讀，ら / ラ 有什麼呢？

• らいう【雷雨】
ra.i.u（雷雨）

• らいねん【来年】
ra.i.ne.n（明年）

• らん【蘭】
ra.n（蘭花）

• ライオン
ra.i.o.n（獅子）

STEP 4
寫一寫，記得快又牢！

ら ら ら ら ら ら ら

ラ ラ ラ ラ ラ ラ ラ

STEP 1
聽一聽，老師怎麼說！

MP3-043

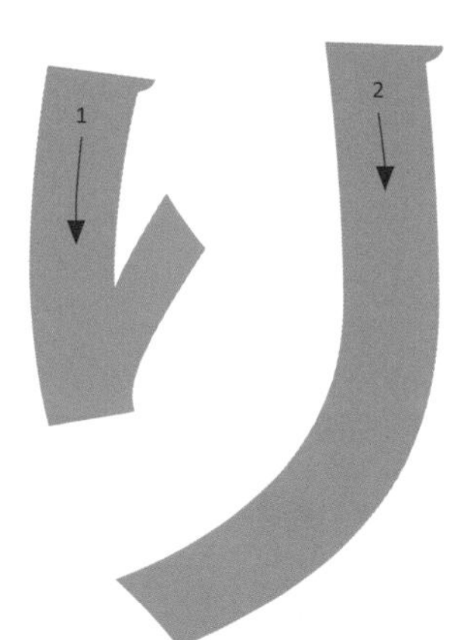

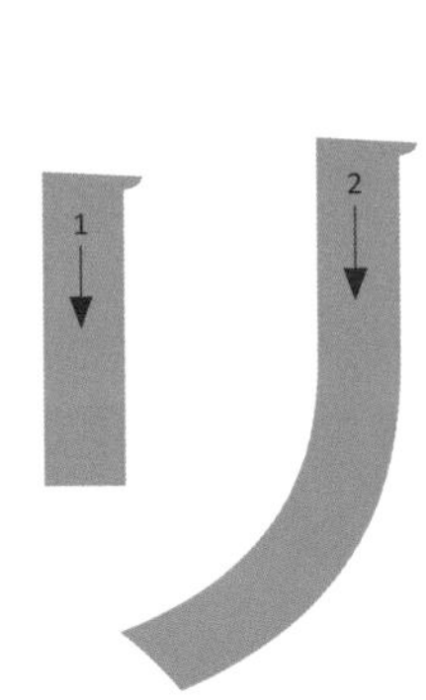

STEP 2
說一說，發音最標準！

舌尖輕彈上齒，發出類似「哩」的聲音。

り り リ

STEP3
讀一讀，り / リ 有什麼呢？

りきし【力士】
ri.ki.shi（相撲選手）

りこん【離婚】
ri.ko.n（離婚）

りす【栗鼠】
ri.su（松鼠）

リンク
ri.n.ku（連接、聯繫）

STEP 4
寫一寫，記得快又牢！

STEP 1
聽一聽，老師怎麼說！

MP3-044

STEP 2
說一說，發音最標準！

舌尖輕彈上齒，發出類似「嚕」的聲音。

る る ル

STEP3
讀一讀，る / ル 有什麼呢？

るす【留守】

ru.su（不在家）

るすろく【留守録】

ru.su.ro.ku（語音信箱）

るり【瑠璃】

ru.ri（琉璃）

ルール

ru.u.ru（規則）

STEP 4
寫一寫，記得快又牢！

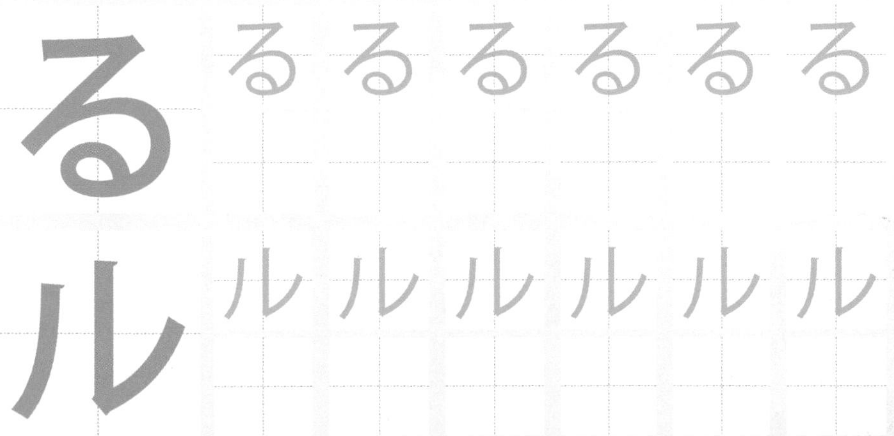

STEP 1
聽一聽，老師怎麼說！

MP3-045

STEP 2
說一說，發音最標準！

舌尖輕彈上齒，發出類似「勒脖子」的「勒」的聲音。

れ れ レ

STEP3
讀一讀，れ / レ 有什麼呢？

- **れきし【歴史】**
  re.ki.shi（歷史）

- **れつ【列】**
  re.tsu（排隊）

- **れんあい【恋愛】**
  re.n.a.i（戀愛）

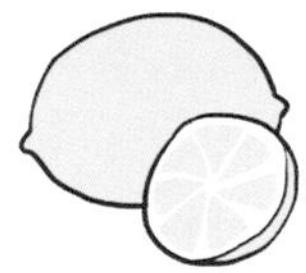

- **レモン**
  re.mo.n（檸檬）

STEP 4
寫一寫，記得快又牢！

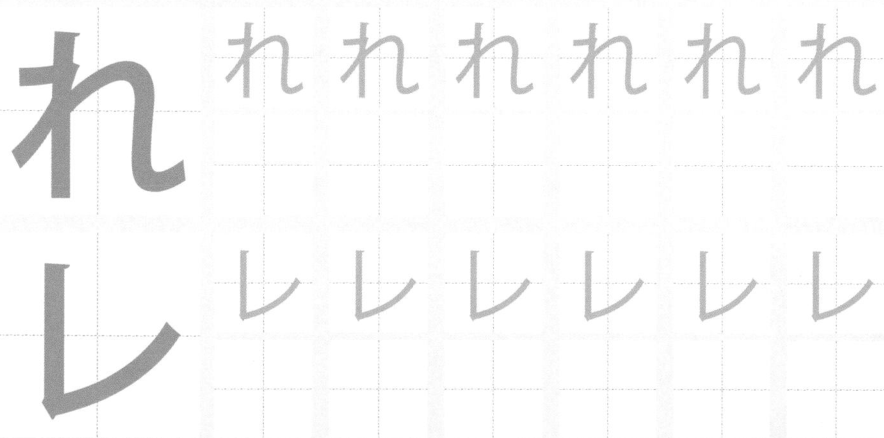

STEP 1
聽一聽，老師怎麼說！

MP3-046

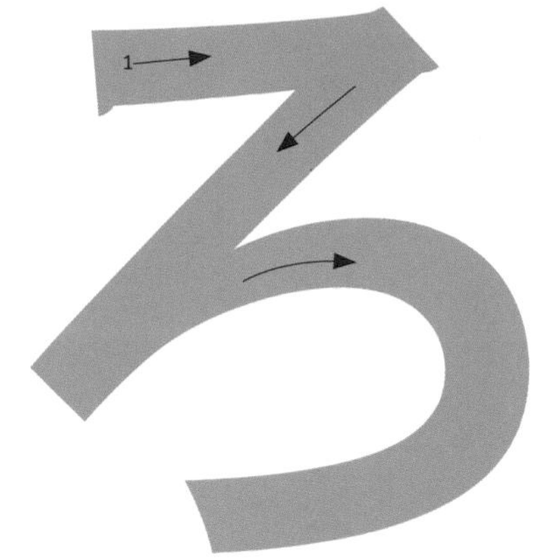

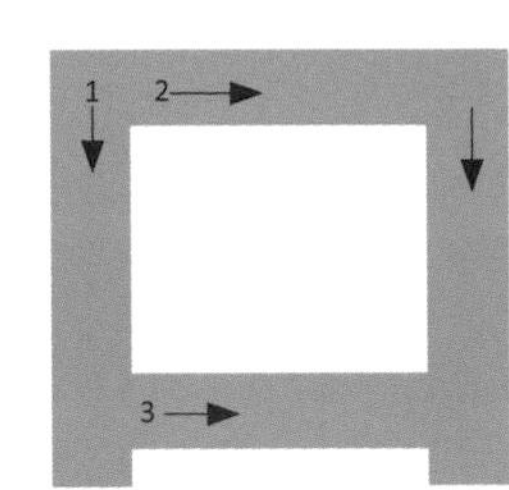

STEP 2
說一說，發音最標準！

舌尖輕彈上齒，發出類似「摟」的聲音。

ろ ろ ロ

STEP3
讀一讀，ろ / ロ 有什麼呢？

- **ろく【六】**
  ro.ku（六）

- **ろくおん【録音】**
  ro.ku.o.n（錄音）

- **ろてん【露店】**
  ro.te.n（攤販）

- **ロト**
  ro.to（抽籤、彩券）

STEP 4
寫一寫，記得快又牢！

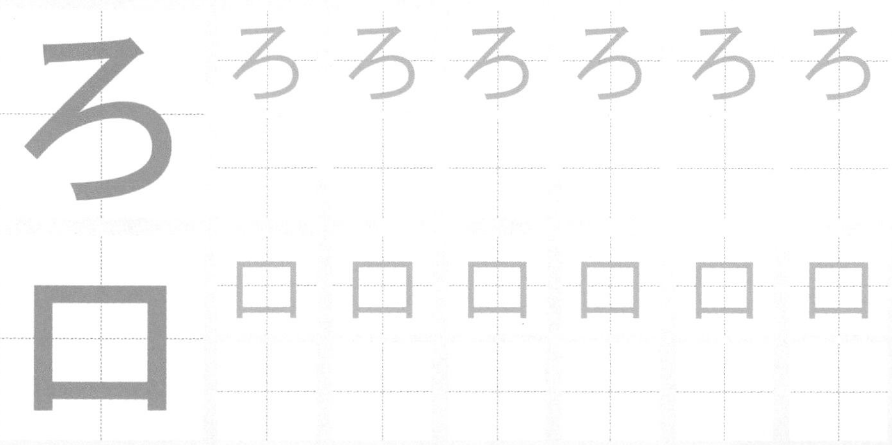

STEP 1
聽一聽，老師怎麼說！

MP3-047

STEP 2
説一説，發音最標準！

嘴巴自然地張開，發出類似「哇」的聲音。

わ わ ワ

STEP3
讀一讀，わ / ワ 有什麼呢？

- **わたし【私】**
  wa.ta.shi（我）

- **わに【鰐】**
  wa.ni（鱷魚）

- **わふく【和服】**
  wa.fu.ku（和服）

- **ワイン**
  wa.i.n（葡萄酒）

STEP 4
寫一寫，記得快又牢！

STEP 1
聽一聽，老師怎麼説！

MP3-**048**

STEP 2
説一説，發音最標準！

嘴唇呈圓形，發出類似「喔」的聲音。

を を ヲ

STEP3

讀一讀，を / ヲ 有什麼呢？

- てをあらう【手を洗う】
  te o a.ra.u（洗手）

- えをかく【絵を描く】
  e o ka.ku（畫圖）

- ぬのをきる【布を切る】
  nu.no o ki.ru（裁切布）

◆「を」僅當助詞使用，表示動作作用的對象，在單字中不會出現喔！

STEP 4

寫一寫，記得快又牢！

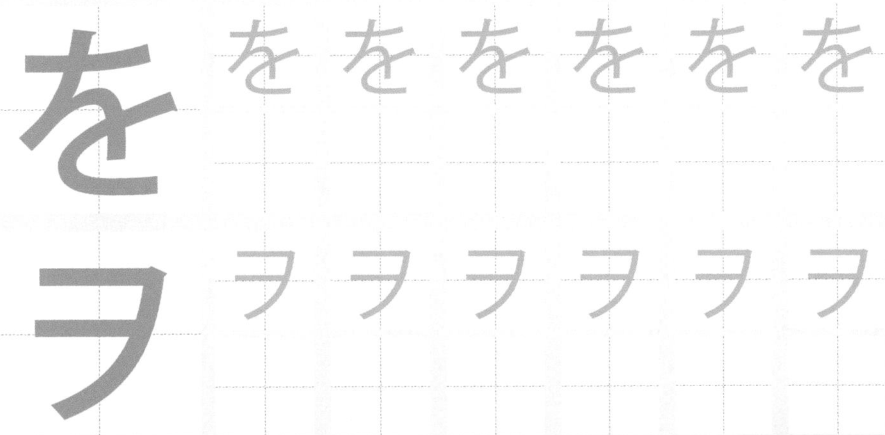

鼻音

STEP 1
聽一聽，老師怎麼說！

MP3-049

STEP 2
說一說，發音最標準！

ん ん ン

STEP3
讀一讀，ん / ン 有什麼呢？

- おんせん【温泉】

  o.n.se.n（溫泉）

- きりん【麒麟】

  ki.ri.n（長頸鹿）

- さん【三】

  sa.n（三）

- レストラン

  re.su.to.ra.n（餐廳）

STEP 4
寫一寫，記得快又牢！

ありがとう。

a.ri.ga.to.o

謝謝。

Part 2
濁音、半濁音學得好

日語有 20 個濁音和 5 個半濁音，其發音和寫法，都是運用清音加以變化而已，一點都不難！

請聆聽音檔裡面日籍老師的正確發音，跟著開口說，讀一讀相關單字，並練習平假名和片假名的寫法，輕輕鬆鬆地把濁音和半濁音學起來吧！

STEP 1
聽一聽，老師怎麼說！

MP3-050

STEP 2
說一說，發音最標準！

が が ガ

STEP3
讀一讀，が / ガ 有什麼呢？

- がいこく【外国】
  ga.i.ko.ku（外國）
- がか【画家】
  ga.ka（畫家）

- がくせい【学生】
  ga.ku.se.e（學生）

- ガム
  ga.mu（口香糖）

STEP 4
寫一寫，記得快又牢！

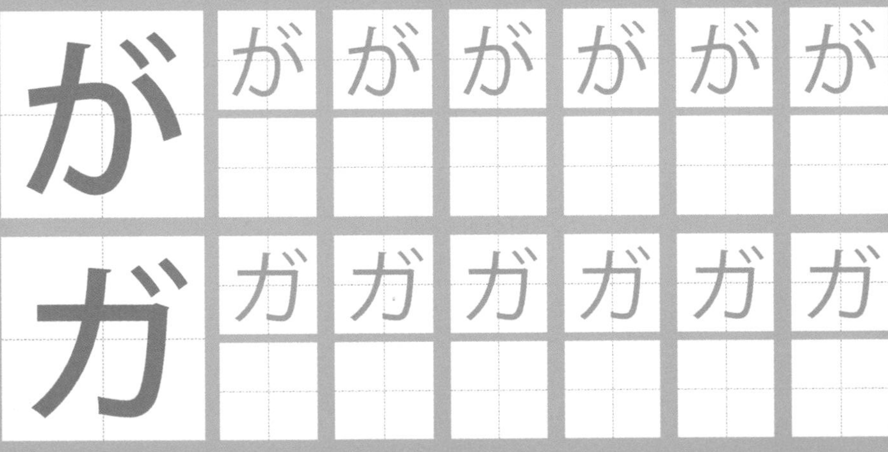

STEP 1
聽一聽，老師怎麼說！

MP3-051

STEP 2
說一說，發音最標準！

嘴角往兩旁延展，發出類似台語「奇」的聲音。

ぎ ぎ ギ

STEP3
讀一讀，ぎ / ギ 有什麼呢？

- **ぎむ【義務】**
  gi.mu（義務）

- **ぎん【銀】**
  gi.n（銀）

- **ぎんこう【銀行】**
  gi.n.ko.o（銀行）

- **ギフト**
  gi.fu.to（禮物、贈品）

STEP 4
寫一寫，記得快又牢！

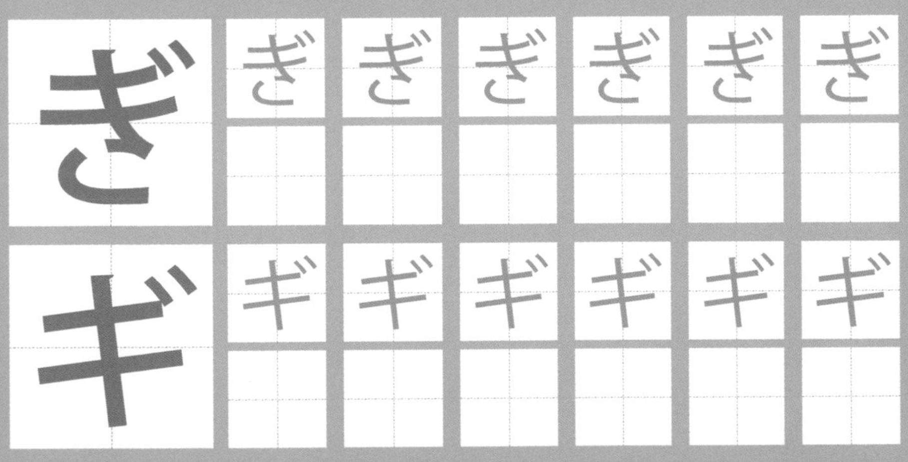

STEP 1
聽一聽，老師怎麼說！

MP3-052

STEP 2
說一說，發音最標準！

嘴角向中間靠攏，發出類似「咕」的聲音。

STEP3
讀一讀，ぐ / グ 有什麼呢？

- ぐあい【具合】
  gu.a.i（狀況、樣子）

- ぐち【愚痴】
  gu.chi（怨言）

- ぐんたい【軍隊】
  gu.n.ta.i（軍隊）

- グラス
  gu.ra.su（玻璃杯）

STEP 4
寫一寫，記得快又牢！

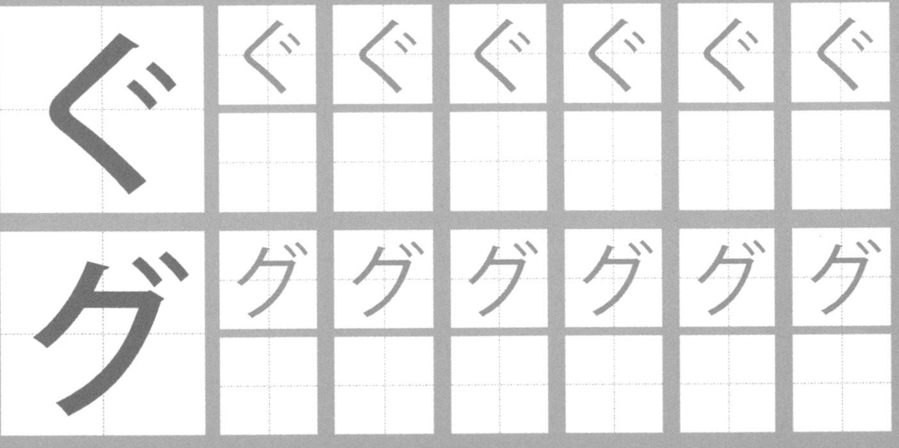

STEP 1
聽一聽，老師怎麼說！

MP3-053

STEP 2
說一說，發音最標準！

嘴巴扁平，發出類似「給」的聲音。

げ げ ゲ

STEP3
讀一讀，げ / ゲ 有什麼呢？

•げんかん【玄関】

ge.n.ka.n（玄關）

•げんき【元気】

ge.n.ki（有精神、有元氣）

•げんきん【現金】

ge.n.ki.n（現金）

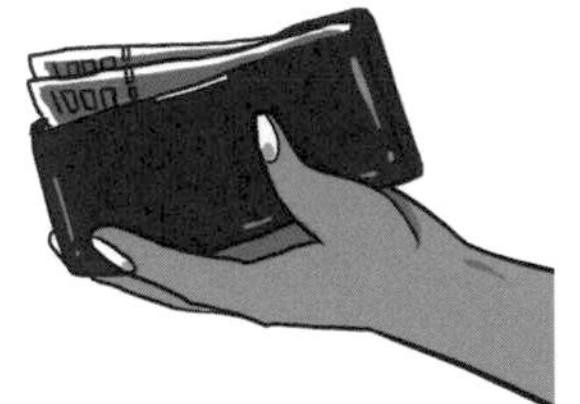

•ゲーム

ge.e.mu（遊戲）

STEP 4
寫一寫，記得快又牢！

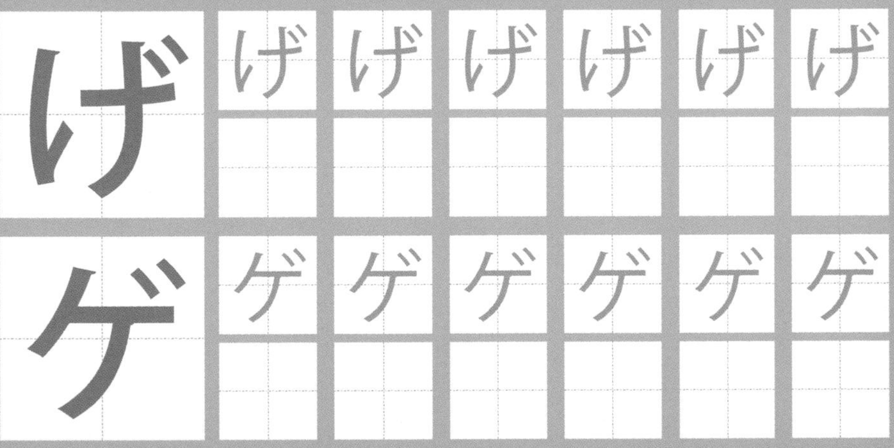

STEP 1
聽一聽，老師怎麼說！

MP3-054

STEP 2
說一說，發音最標準！

嘴唇呈圓形，發出類似「勾」的聲音。

STEP3
讀一讀，ご / ゴ 有什麼呢？

- **ごご【午後】**
go.go（下午）

- **ごはん【ご飯】**
go.ha.n（白飯）

- 

go.mi（垃圾）

- 

go.ru.fu（高爾夫球）

STEP 4
寫一寫，記得快又牢！

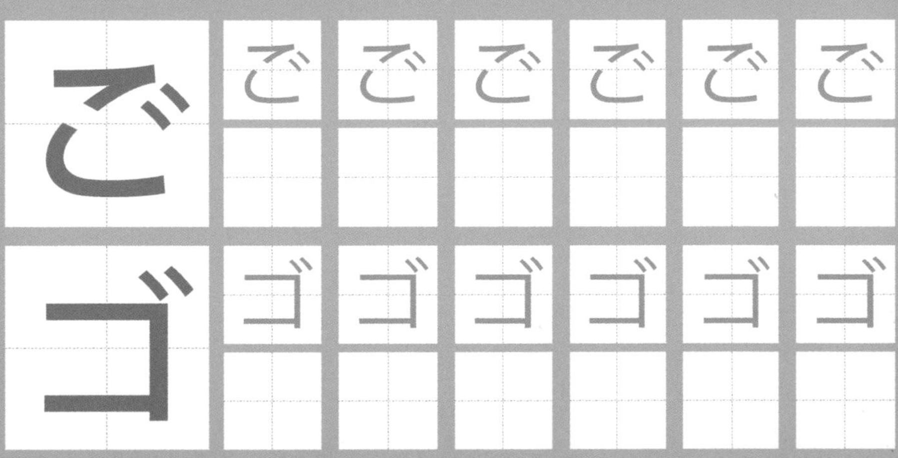

STEP 1
聽一聽，老師怎麼說！

MP3-**055**

STEP 2
說一說，發音最標準！

嘴巴自然地張開，發出類似「紮」的聲音。

ざ ざ ザ

STEP3

讀一讀，ざ / ザ 有什麼呢？

• ざいさん【財産】

za.i.sa.n（財產）

• ざくろ【石榴】

za.ku.ro（石榴）

• ざる【笊】

za.ru（竹簍）

• ザボン

za.bo.n（朱欒、文旦）

STEP 4

寫一寫，記得快又牢！

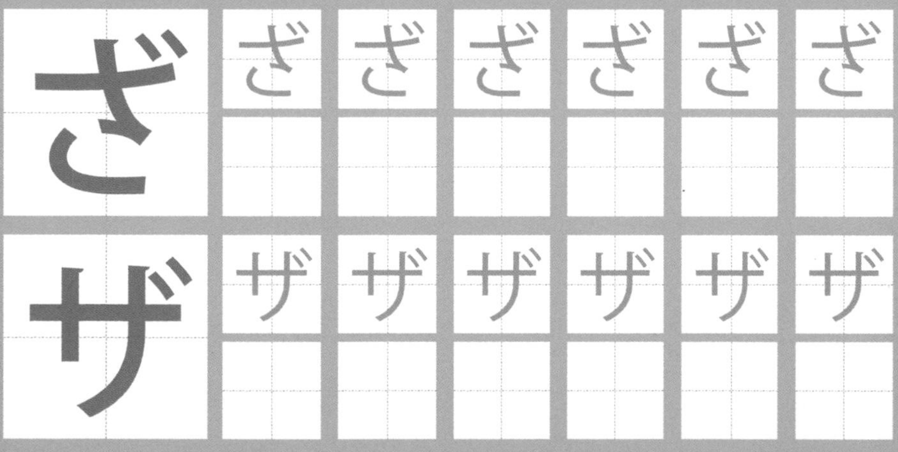

STEP 1
聽一聽，老師怎麼說！

MP3-056

STEP 2
說一說，發音最標準！

STEP3
讀一讀，じ / ジ 有什麼呢？

- じかん【時間】
  ji.ka.n（時間）

- じこ【事故】
  ji.ko（車禍）

- じしん【地震】
  ji.shi.n（地震）

- ジグザグ
  ji.gu.za.gu（曲折、Z 字形）

STEP 4
寫一寫，記得快又牢！

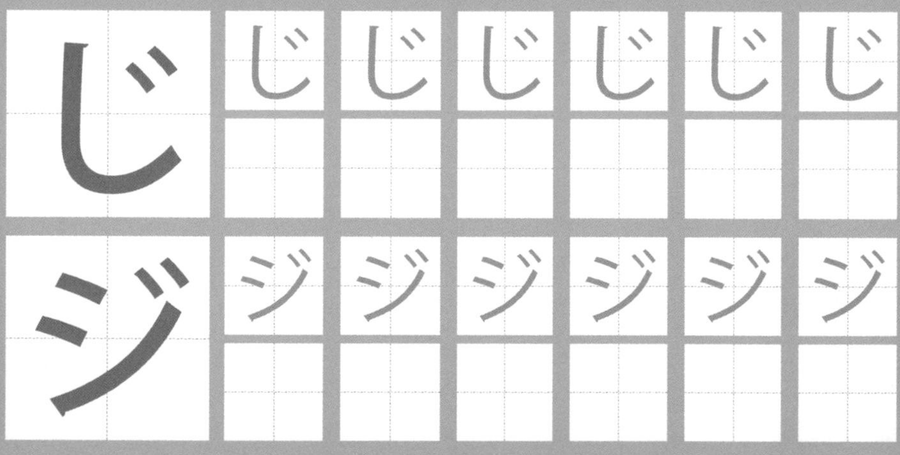

STEP 1
聽一聽，老師怎麼説！

MP3-057

STEP 2
説一説，發音最標準！

嘴角向中間靠攏，發出類似「租」的聲音，
但是要注意嘴型和「す」一樣，不是嘟起來的喔！

ず ず ズ

STEP3
讀一讀，ず / ズ 有什麼呢？

- ず【図】
  zu（圖）

- ずつう【頭痛】
  zu.tsu.u（頭痛）

- ずのう【頭脳】
  zu.no.o（頭腦）

- ズボン
  zu.bo.n（褲子）

STEP 4
寫一寫，記得快又牢！

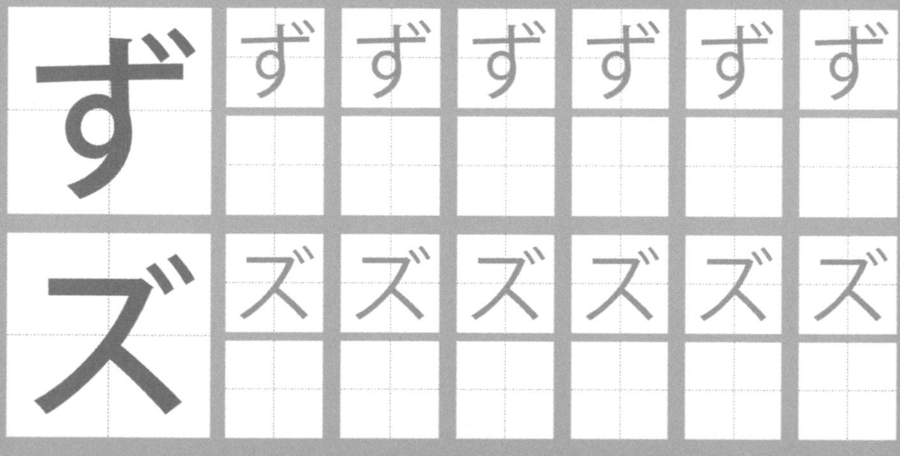

STEP 1
聽一聽，老師怎麼說！

MP3-**058**

STEP 2
說一說，發音最標準！

嘴巴扁平，發出類似台語「很多」的「多」的聲音。

ぜ ぜ ぜ

STEP3
讀一讀，ぜ / ゼ 有什麼呢？

- ぜいきん【税金】
  ze.e.ki.n（税金）

- ぜんご【前後】
  ze.n.go（前後）
- ぜんぶ【全部】
  ze.n.bu（全部）
- ゼロ
  ze.ro（零）

STEP 4
寫一寫，記得快又牢！

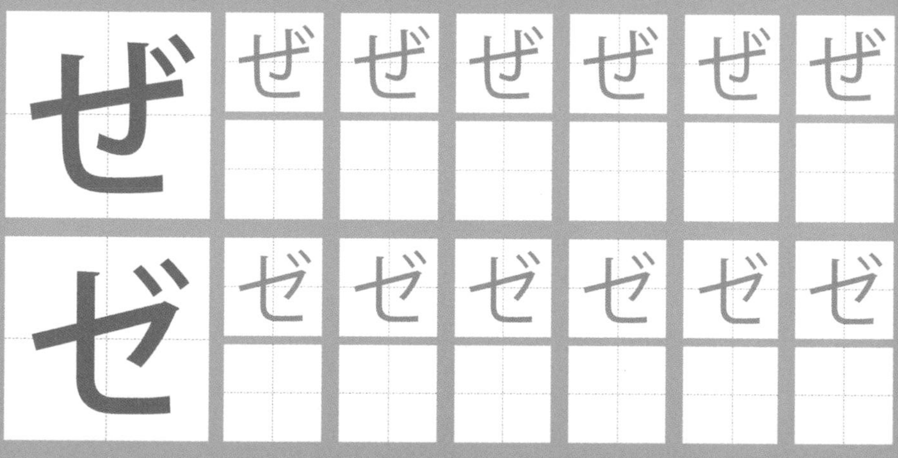

STEP 1
聽一聽，老師怎麼說！

MP3-059

STEP 2
說一說，發音最標準！

嘴唇呈圓形，發出類似「鄒」的聲音。

STEP3
讀一讀，ぞ / ゾ 有什麼呢？

- ぞう【象】
  zo.o（大象）

- ぞうきん【雑巾】
  zo.o.ki.n（抹布）

- ぞうり【草履】
  zo.o.ri（草鞋）

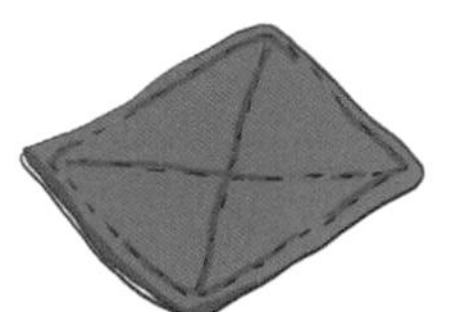

- ゾンビ
  zo.n.bi（殭屍）

STEP 4
寫一寫，記得快又牢！

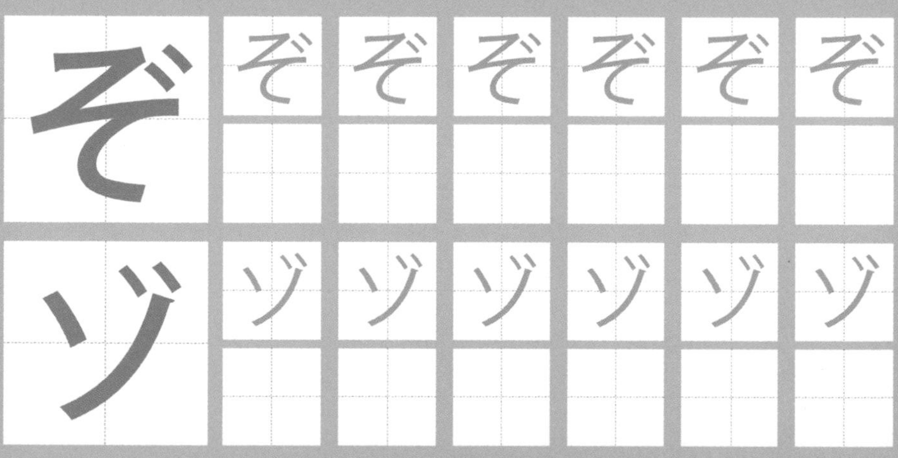

STEP 1
聽一聽，老師怎麼說！

MP3-**060**

STEP 2
說一說，發音最標準！

だ　だ　ダ

STEP3
讀一讀，だ / ダ 有什麼呢？

• だいがく【大学】

da.i.ga.ku（大學）

• だいこん【大根】

da.i.ko.n（白蘿蔔）

• だんご【団子】

da.n.go（糯米丸子）

• ダンス

da.n.su（舞蹈）

STEP 4
寫一寫，記得快又牢！

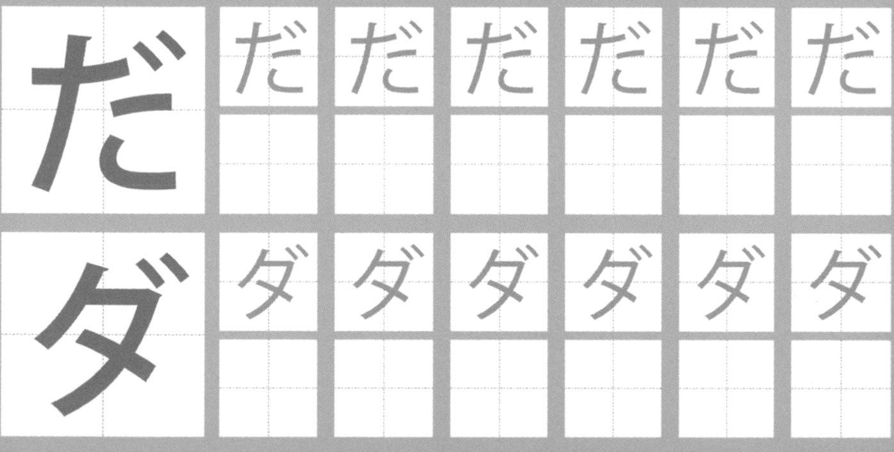

STEP 1
聽一聽，老師怎麼説！

MP3-061

STEP 2
説一説，發音最標準！

牙齒微微咬合，嘴角往兩旁延展，發出類似「機」的聲音。

ぢ ぢ ヂ

STEP3
讀一讀，ぢ / ヂ 有什麼呢？

- ちぢれげ【縮れ毛】
  chi.ji.re.ge（捲毛）

- はなぢ【鼻血】
  ha.na.ji（鼻血）

- まぢか【間近】
  ma.ji.ka（臨近、快到）

- チヂミ
  chi.ji.mi（韓國煎餅）

STEP 4
寫一寫，記得快又牢！

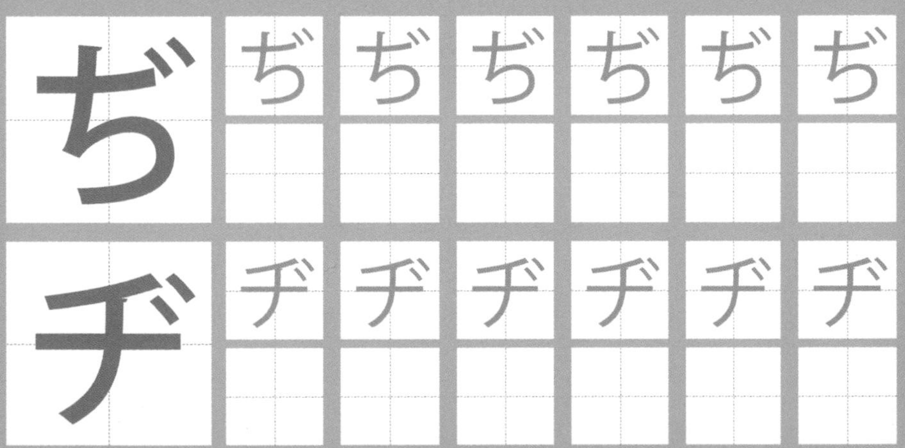

STEP 1
聽一聽，老師怎麼說！

MP3-062

STEP 2
說一說，發音最標準！

嘴角向中間靠攏，發出類似「租」的聲音，
但是要注意嘴型和「ず」一樣，不是嘟起來的喔！

STEP3

讀一讀，づ / ヅ 有什麼呢？

- かんづめ【缶詰】
ka.n.zu.me（罐頭）

- しおづけ【塩漬け】
shi.o.zu.ke（鹽漬）

- みかづき【三日月】
mi.ka.zu.ki（上弦月）

- てづくり【手作り】
te.zu.ku.ri（親手做、自製的東西）

◆片假名「ズ」< zu > 和「ヅ」< zu > 發音也相同，在書寫時，規定一律用「ズ」，所以不會出現「ヅ」這個字。

STEP 4

寫一寫，記得快又牢！

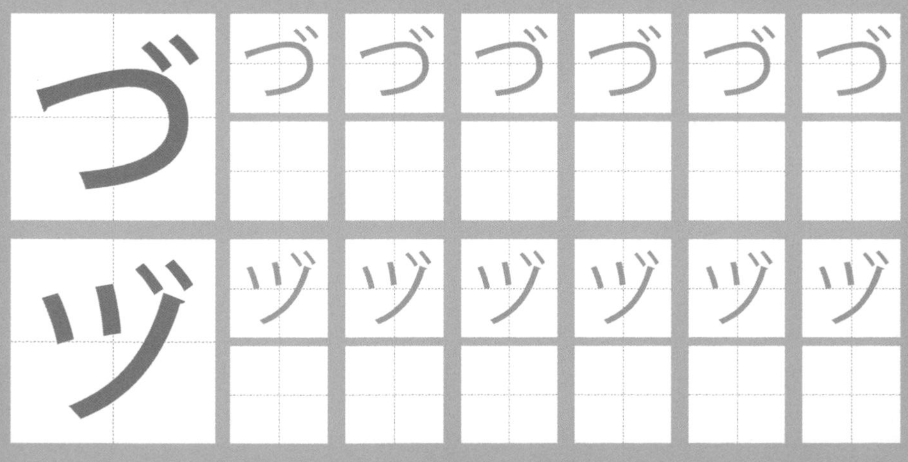

STEP 1
聽一聽，老師怎麼說！

MP3-063

STEP 2
說一說，發音最標準！

舌尖輕彈上齒，發出類似台語「茶」的輕聲。

STEP3
讀一讀，で / デ 有什麼呢？

- でまえ【出前】
  de.ma.e（外送）
- でんげん【電源】
  de.n.ge.n（電源）
- でんわ【電話】
  de.n.wa（電話）

- デジカメ
  de.ji.ka.me（數位相機）

STEP 4
寫一寫，記得快又牢！

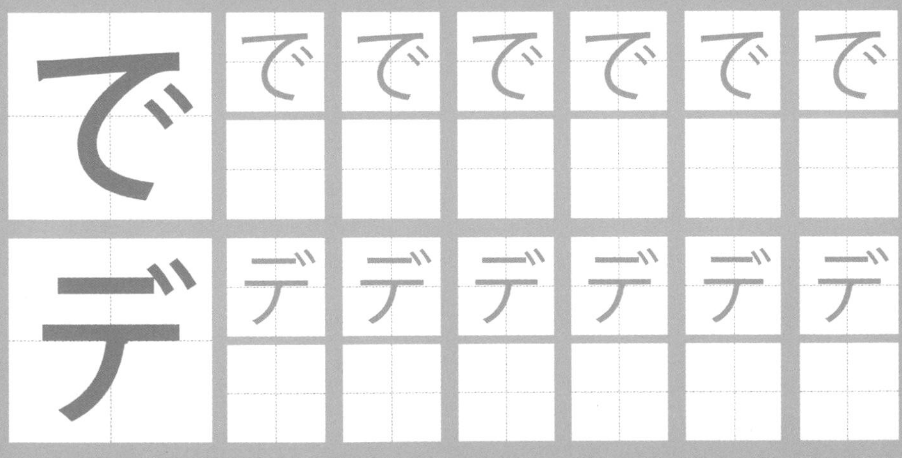

STEP 1
聽一聽，老師怎麼說！

MP3-**064**

STEP 2
說一說，發音最標準！

嘴唇呈圓形，發出類似「兜」的聲音。

ど ど ド

STEP3

讀一讀，ど / ド 有什麼呢？

- どうぐ【道具】
  do.o.gu（工具）

- どうぶつ【動物】
  do.o.bu.tsu（動物）

- どくしん【独身】
  do.ku.shi.n（單身）

- ドライブ
  do.ra.i.bu（兜風）

STEP 4

寫一寫，記得快又牢！

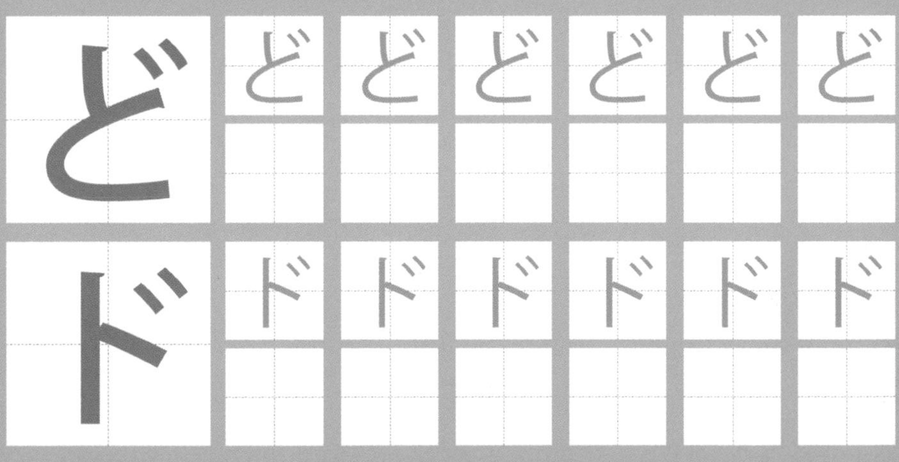

STEP 1
聽一聽，老師怎麼說！

MP3-065

STEP 2
說一說，發音最標準！

嘴巴自然地張開，發出類似「巴」的聲音。

ば ば バ

STEP3
讀一讀，ば / バ 有什麼呢？

- ばら【薔薇】
  ba.ra（玫瑰）
- ばくちく【爆竹】
  ba.ku.chi.ku（鞭炮）
- ばか【馬鹿】
  ba.ka（愚蠢）
- バス
  ba.su（巴士）

STEP 4
寫一寫，記得快又牢！

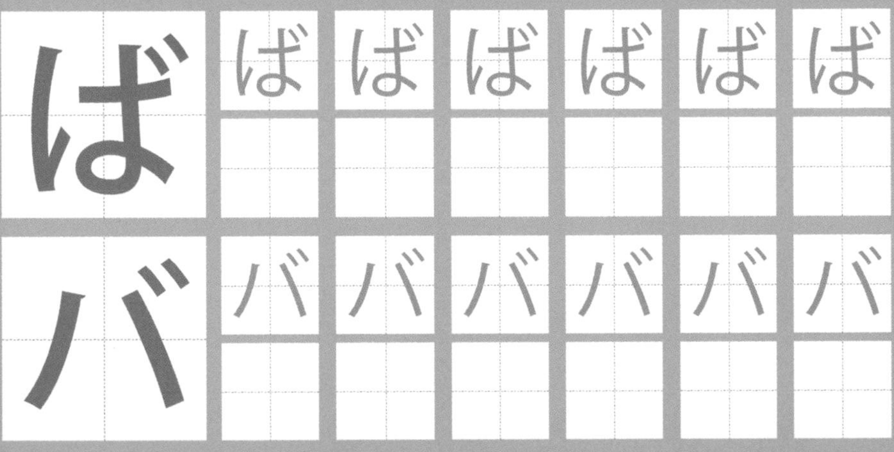

STEP 1
聽一聽，老師怎麼說！

MP3-**066**

STEP 2
說一說，發音最標準！

びびビ

STEP3
讀一讀，び／ビ 有什麼呢？

- びじん【美人】
  bi.ji.n（美女）

- びり
  bi.ri（倒數第一）

- びん【瓶】
  bi.n（瓶子）

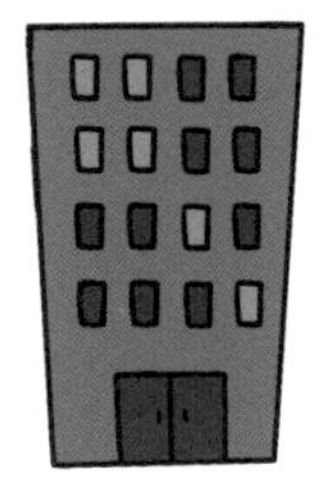

- ビル
  bi.ru（大樓、大廈）

STEP 4
寫一寫，記得快又牢！

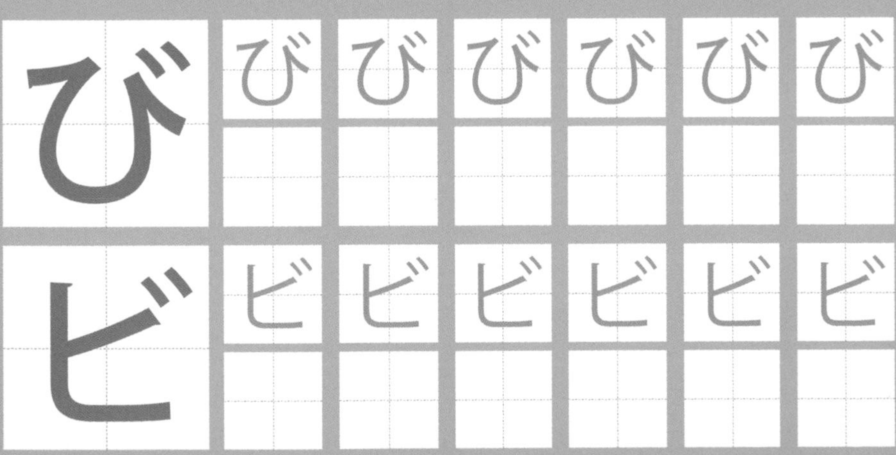

STEP 1
聽一聽，老師怎麼說！

MP3-067

STEP 2
說一說，發音最標準！

以扁唇發出類似「ㄅㄨ」的聲音。

STEP3
讀一讀，ぶ / ブ 有什麼呢？

• ぶた【豚】
bu.ta（豬）

• ぶどう【葡萄】
bu.do.o（葡萄）

• ぶんぼうぐ【文房具】
bu.n.bo.o.gu（文具）

• ブラシ
bu.ra.shi（刷子）

STEP 4
寫一寫，記得快又牢！

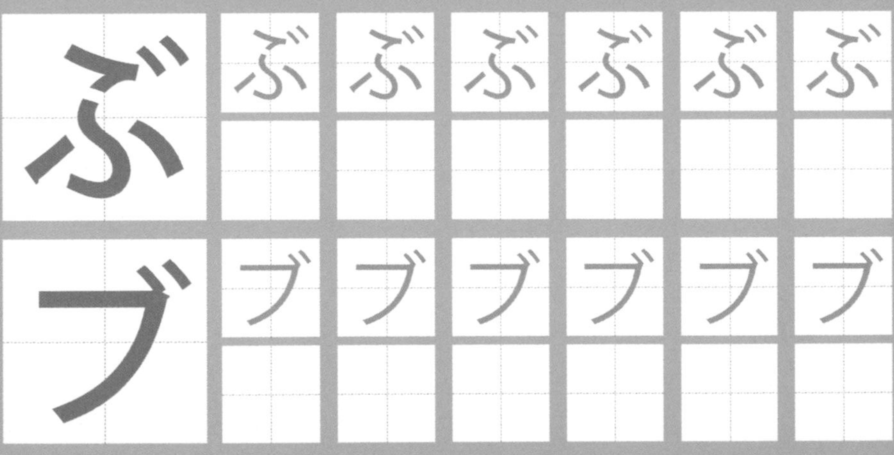

STEP 1
聽一聽，老師怎麼說！

MP3-068

STEP 2
說一說，發音最標準！

STEP3
讀一讀，べ / ベ 有什麼呢？

- **べつ【別】**
  be.tsu（另外）

- **べんり【便利】**
  be.n.ri（方便）

- **べんとう【弁当】**
  be.n.to.o（便當）

- **ベルト**
  be.ru.to（腰帶、帶狀物）

STEP 4
寫一寫，記得快又牢！

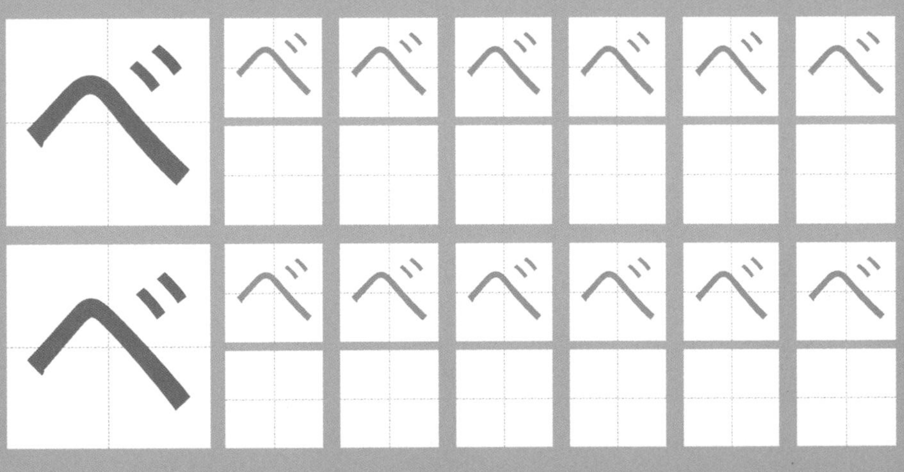

STEP 1
聽一聽，老師怎麼說！

MP3-069

STEP 2
說一說，發音最標準！

嘴唇呈圓形，發出類似「剝」的聲音。

ぼ ぼ ボ

STEP3
讀一讀，ぼ / ボ 有什麼呢？

- **ぼう【棒】**
  bo.o（棒子）

- **ぼうけん【冒険】**
  bo.o.ke.n（冒險）

- **ぼく【僕】**
  bo.ku（我，男子對同輩及晚輩的自稱）

- **ボタン**
  bo.ta.n（鈕扣、按鈕）

STEP 4
寫一寫，記得快又牢！

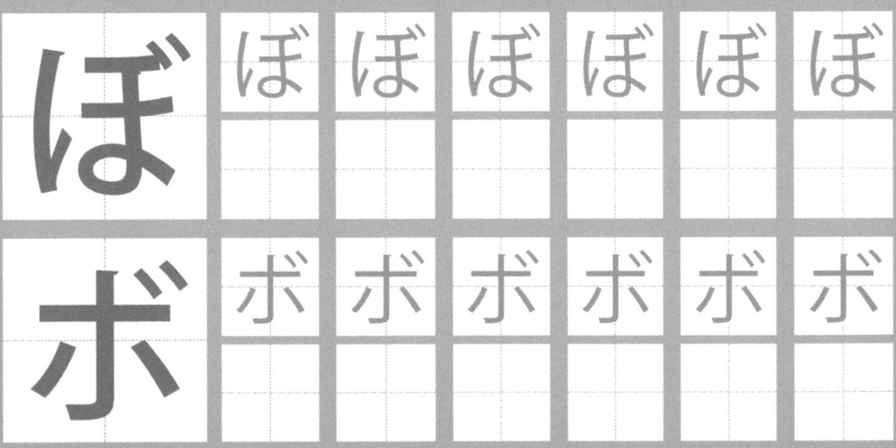

STEP 1
聽一聽，老師怎麼說！

MP3-070

STEP 2
說一說，發音最標準！

嘴巴自然地張開，發出類似「趴」的聲音。

ぱ ぱ パ

STEP3
讀一讀，ぱ / パ 有什麼呢？

- ぱちんこ
  pa.chi.n.ko（柏青哥、小鋼珠）
- パソコン
  pa.so.ko.n（個人電腦）
- パパイア
  pa.pa.i.a（木瓜）
- パン
  pa.n（麵包）

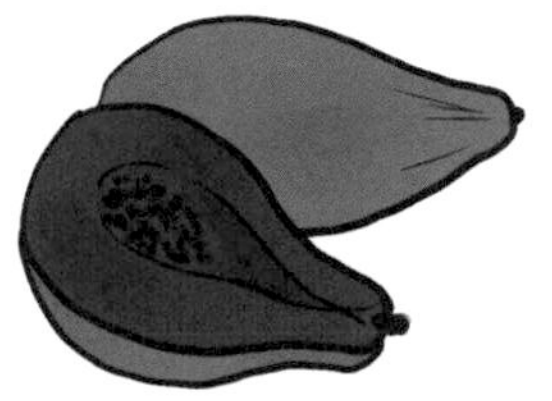

STEP 4
寫一寫，記得快又牢！

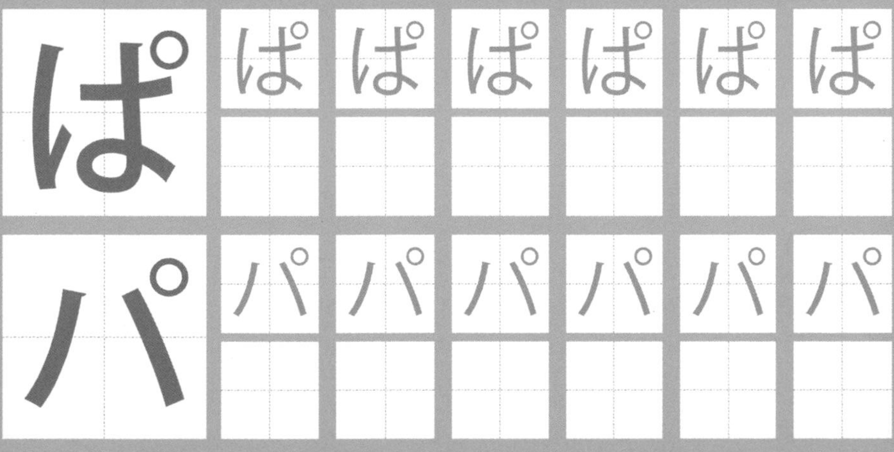

STEP 1
聽一聽，老師怎麼說！

MP3-071

STEP 2
說一說，發音最標準！

嘴角往兩側延展，發出類似「匹」的聲音。

ぴ ぴ ピ

STEP3
讀一讀，ぴ / ピ 有什麼呢？

- **えんぴつ【鉛筆】**
e.n.pi.tsu（鉛筆）

- **ぴかぴか**
pi.ka.pi.ka（閃閃發亮地）

- **ピエロ**
pi.e.ro（丑角、小丑）

- **ピンク**
pi.n.ku（粉紅色）

STEP 4
寫一寫，記得快又牢！

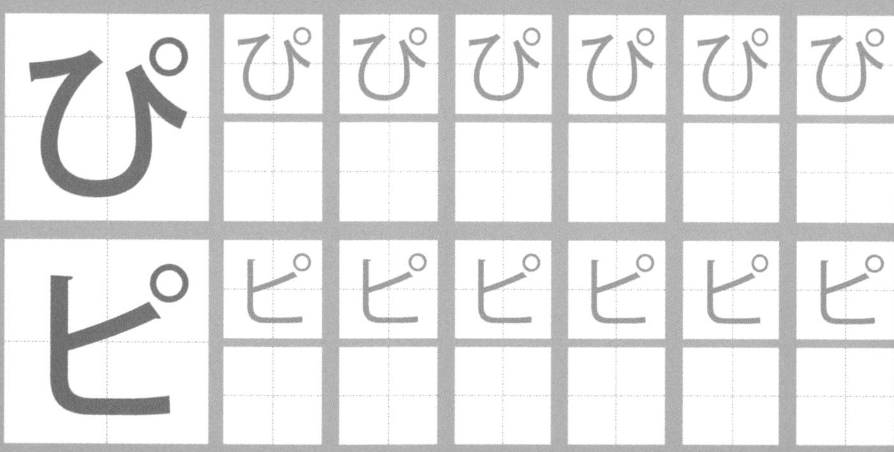

STEP 1
聽一聽，老師怎麼說！

MP3-072

STEP 2
說一說，發音最標準！

以扁唇發出類似「噗」的聲音。

STEP3
讀一讀，ぷ / プ 有什麼呢？

- ぷるぷる

pu.ru.pu.ru（有彈性的）

- プラグ

pu.ra.gu（插頭）

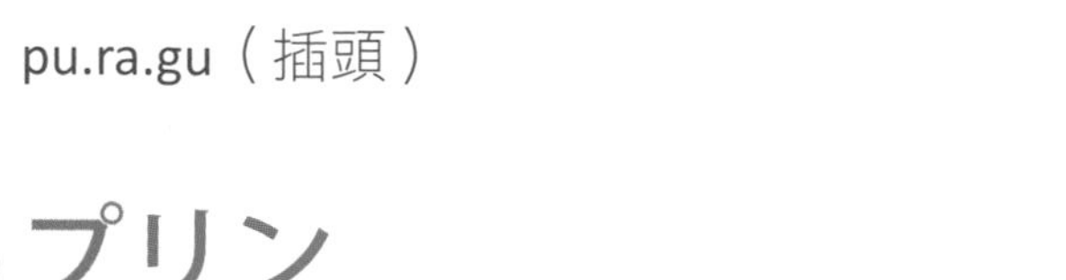

- プリン

pu.ri.n（布丁）

- プリント

pu.ri.n.to（印刷品、印出來的資料）

STEP 4
寫一寫，記得快又牢！

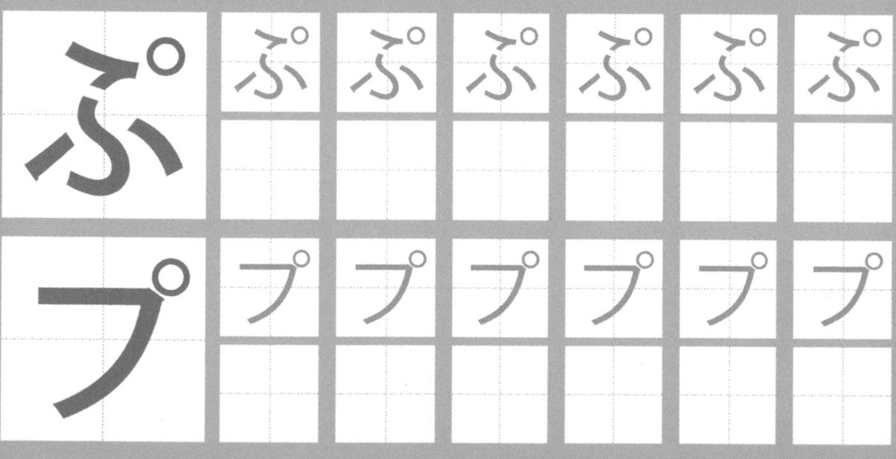

STEP 1
聽一聽，老師怎麼說！

MP3-073

STEP 2
說一說，發音最標準！

嘴角往左右拉平，發出類似「胚」的聲音。

STEP3
讀一讀，ぺ / ペ 有什麼呢？

- ぺろぺろ
  pe.ro.pe.ro（舔舌貌）
- ペン
  pe.n（筆）

- ペンチ
  pe.n.chi（鉗子）
- ペンギン
  pe.n.gi.n（企鵝）

STEP 4
寫一寫，記得快又牢！

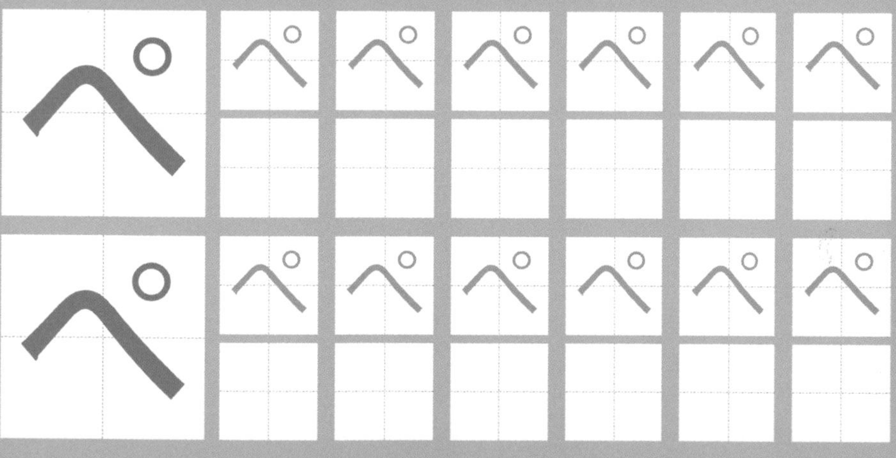

STEP 1
聽一聽，老師怎麼説！

MP3-**074**

STEP 2
説一説，發音最標準！

ぽ ぽ ポ

STEP3
讀一讀，ぽ / ポ 有什麼呢？

- ぽつぽつ
  po.tsu.po.tsu（滴滴答答地）
- ぽかぽか
  po.ka.po.ka（暖和地）
- ポスト
  po.su.to（郵筒）
- ポイント
  po.i.n.to（重點）

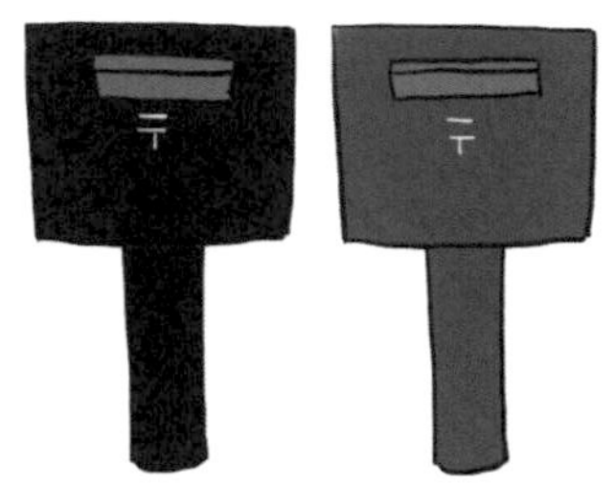

STEP 4
寫一寫，記得快又牢！

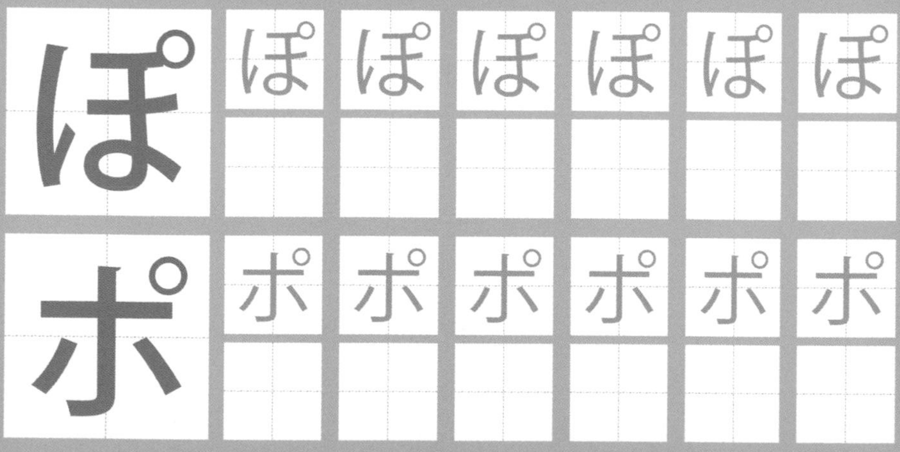

がんばります。

ga.n.ba.ri.ma.su

我會加油。

Part 3
拗音、長音、促音學得好

日語有 11 組拗音，每組有 3 個字，其發音和寫法，都是運用之前學過的清音、濁音、半濁音，搭配「や」、「ゆ」、「よ」加以變化而已，一點都不難！而最後的長音和促音，也有最簡單詳盡的學習說明！

請聆聽音檔裡面日籍老師的正確發音，跟著開口說，讀一讀相關單字，並練習平假名和片假名的寫法，快快樂樂地把拗音、長音、促音學起來吧！

STEP 1
聽一聽，老師怎麼說！

MP3-075

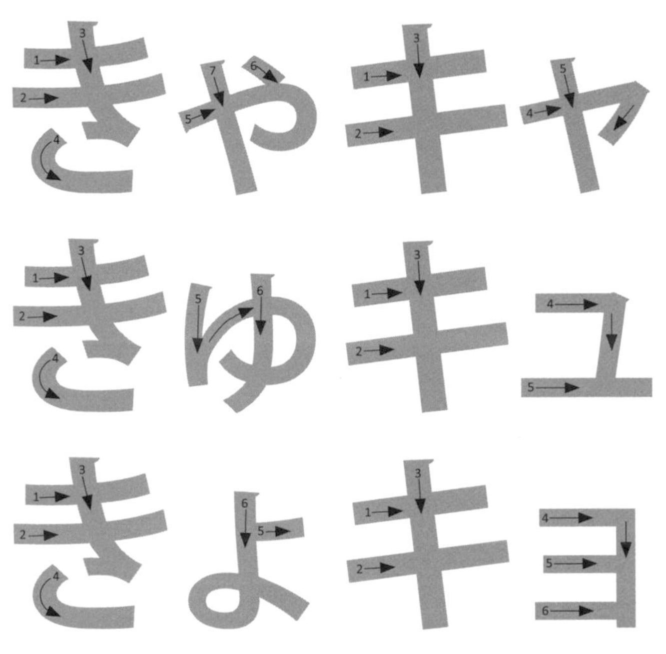

－發音－

kya
kyu
kyo

STEP 2
說一說，發音最標準！

「きゃ」是嘴巴自然地張開，將「き」（ki）和「や」（ya）用拼音方式，發出類似台語「站」的輕聲。

「きゅ」是嘴角向中間靠攏，將「き」（ki）和「ゆ」（yu）用拼音方式，發出類似英文字母「Q」的聲音。

「きょ」是嘴唇呈圓形，將「き」（ki）和「よ」（yo）用拼音方式，發出類似台語「撿」的聲音。

STEP3
讀一讀，きゃ / きゅ / きょ有什麼呢？

- きゃく【客】
  kya.ku（客人）

- きゅうり【胡瓜】
  kyu.u.ri（小黃瓜）

- きょうだい【兄弟】
  kyo.o.da.i（兄弟姐妹）

STEP 4
寫一寫，記得快又牢！

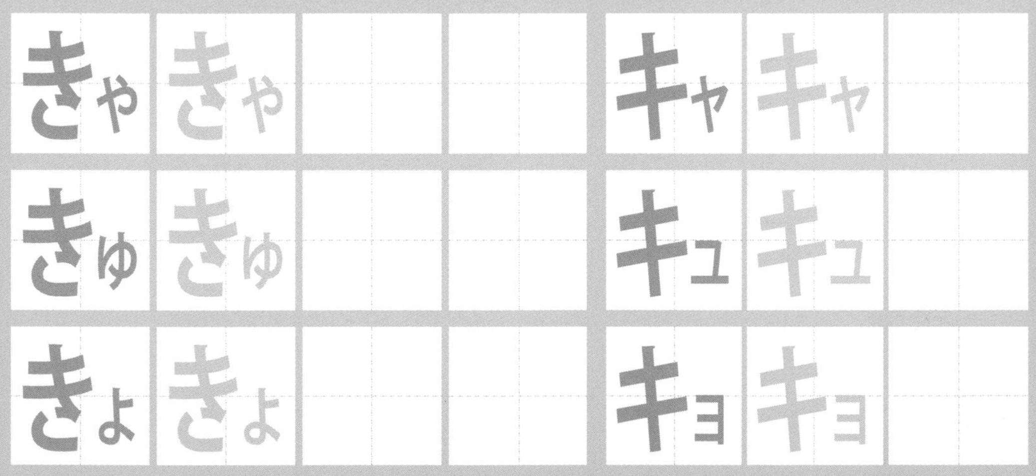

STEP 1
聽一聽，老師怎麼說！

MP3-**076**

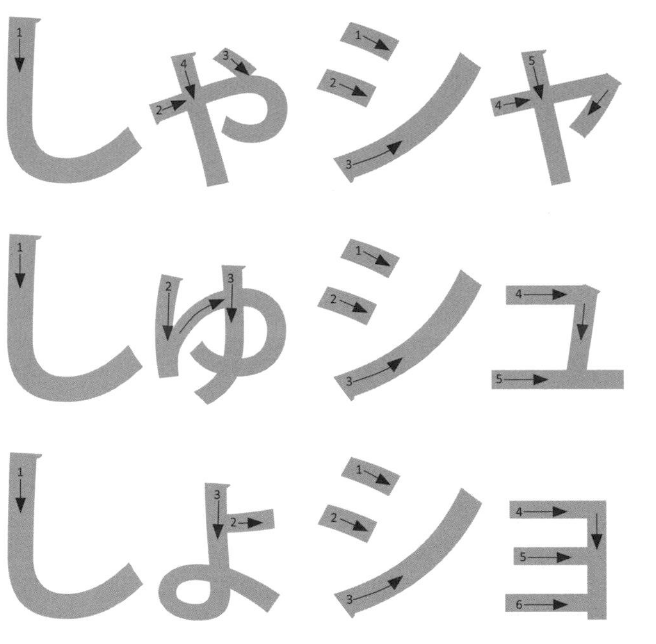

STEP 2
說一說，發音最標準！

「しゃ」是嘴巴自然地張開，將「し」（shi）和「や」（ya）用拼音方式，發出類似「瞎」的聲音。

「しゅ」是嘴角向中間靠攏，將「し」（shi）和「ゆ」（yu）用拼音方式，發出類似台語「收」的聲音。

「しょ」是嘴唇呈圓形，將「し」（shi）和「よ」（yo）用拼音方式，發出類似「休」的聲音。

しゃ	シャ
しゅ	シュ
しょ	ショ

STEP3
讀一讀，しゃ / しゅ / しょ有什麼呢？

- しゃしん【写真】
  sha.shi.n（照片）
- しゅふ【主婦】
  shu.fu（家庭主婦）
- しょうゆ【醤油】
  sho.o.yu（醬油）

STEP 4
寫一寫，記得快又牢！

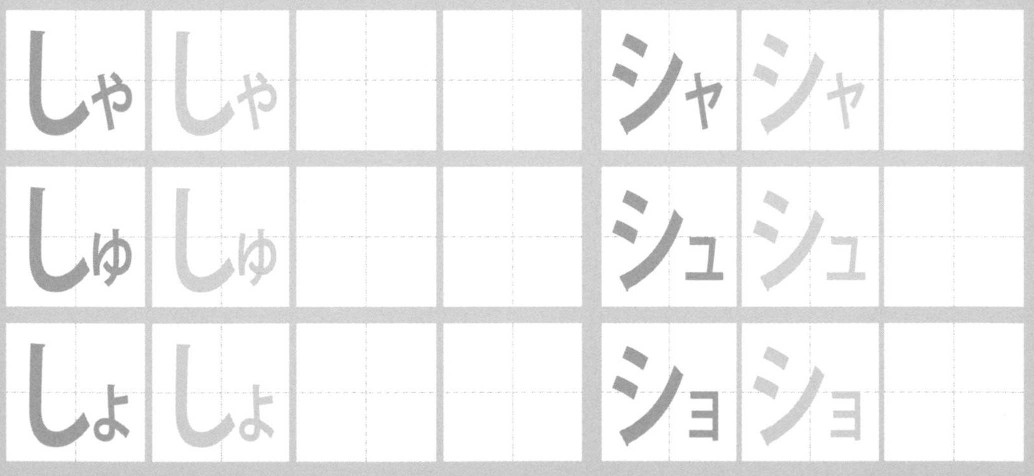

STEP 1

聽一聽，老師怎麼說！

MP3-**077**

ちゃ チャ

ちゅ チュ

ちょ チョ

STEP 2

說一說，發音最標準！

「ちゃ」是嘴巴自然地張開，將「ち」（chi）和「や」（ya）用拼音方式，發出類似「掐」的聲音。

「ちゅ」是嘴角向中間靠攏，將「ち」（chi）和「ゆ」（yu）用拼音方式，發出類似台語「秋」的聲音。

「ちょ」是嘴唇呈圓形，將「ち」（chi）和「よ」（yo）用拼音方式，發出類似「丘」的聲音。

STEP3
讀一讀，ちゃ / ちゅ / ちょ 有什麼呢？

- ちゃわん【茶碗】
  cha.wa.n（飯碗）

- ちゅうしん【中心】
  chu.u.shi.n（中心）

- ちょくせん【直線】
  cho.ku.se.n（直線）

STEP 4
寫一寫，記得快又牢！

ちゃ	ちゃ			チャ	チャ	
ちゅ	ちゅ			チュ	チュ	
ちょ	ちょ			チョ	チョ	

STEP 1

聽一聽，老師怎麼說！

MP3-078

STEP 2

說一說，發音最標準！

「にゃ」是嘴巴自然地張開，舌頭抵在齒後，將「に」（ni）和「や」（ya）用拼音方式，發出類似台語「山嶺」的「嶺」的輕聲。

「にゅ」是嘴角向中間靠攏，舌頭抵在齒後，將「に」（ni）和「ゆ」（yu）用拼音方式，發出類似英文「new」的聲音。

「にょ」是嘴唇呈圓形，舌頭抵在齒後，將「に」（ni）和「よ」（yo）用拼音方式，發出類似「妞」的聲音。

にゃ	ニャ
にゅ	ニュ
にょ	ニョ

STEP3

讀一讀，にゃ / にゅ / にょ 有什麼呢？

- **こんにゃく【蒟蒻】**
ko.n.nya.ku（蒟蒻）

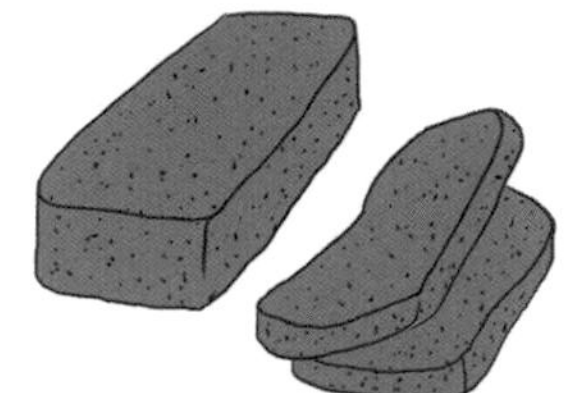

- **にゅうがく【入学】**
nyu.u.ga.ku（入學）

- **にょう【尿】**
nyo.o（尿）

STEP 4

寫一寫，記得快又牢！

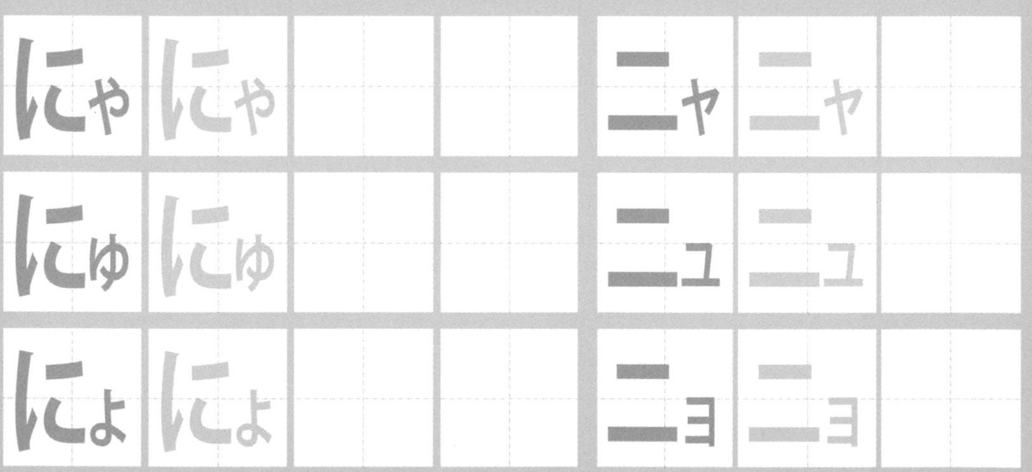

STEP 1
聽一聽，老師怎麼說！

MP3-079

STEP 2
說一說，發音最標準！

「ひゃ」是嘴巴自然地張開，將「ひ」（hi）和「や」（ya）用拼音方式，發出類似台語「蟻」的聲音。

「ひゅ」是嘴角向中間靠攏，將「ひ」（hi）和「ゆ」（yu）用拼音方式，發出類似台語「休息」中「休」的聲音。

「ひょ」是嘴唇呈圓形，將「ひ」（hi）和「よ」（yo）用拼音方式，發出類似台語「歇睏」中「歇」的聲音。

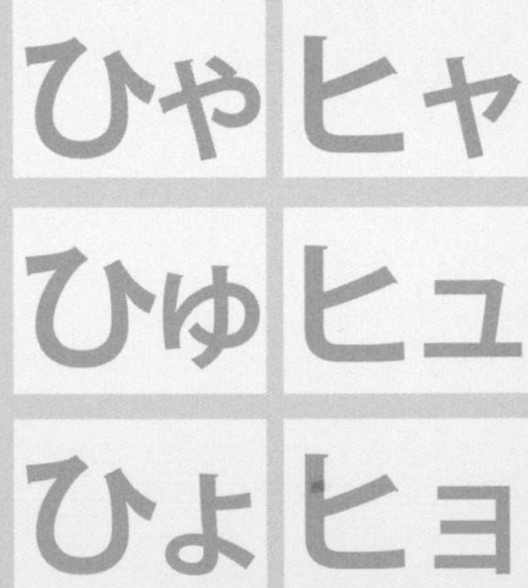

STEP3
讀一讀，ひゃ / ひゅ / ひょ有什麼呢？

• ひゃくしょう【百姓】
hya.ku.sho.o（農民）

• ひゅうひゅう
hyu.u.hyu.u（咻咻，形容強風吹的聲音）

• ひょうし【表紙】
hyo.o.shi（封面）

STEP 4
寫一寫，記得快又牢！

ひゃ	ひゃ			ヒャ	ヒャ	
ひゅ	ひゅ			ヒュ	ヒュ	
ひょ	ひょ			ヒョ	ヒョ	

STEP 1

聽一聽，老師怎麼說！

MP3-080

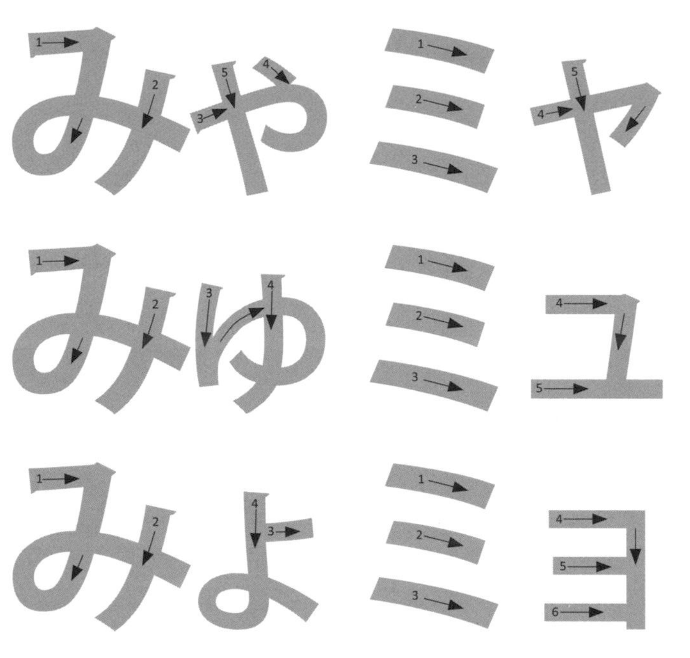

－發音－
mya
myu
myo

STEP 2

說一說，發音最標準！

「みゃ」是嘴巴自然地張開，舌頭抵在齒後，將「み」（mi）和「や」（ya）用拼音方式，發出類似台語「命」的聲音。

「みゅ」是嘴角向中間靠攏，將「み」（mi）和「ゆ」（yu）用拼音方式，發出「myu」的聲音。

「みょ」是嘴唇呈圓形，將「み」（mi）和「よ」（yo）用拼音方式，發出類似「謬」的輕聲。

みゃ	ミャ
みゅ	ミュ
みょ	ミョ

STEP3
讀一讀，みゃ / みゅ / みょ 有什麼呢？

- みゃく【脈】
  mya.ku（脈搏）

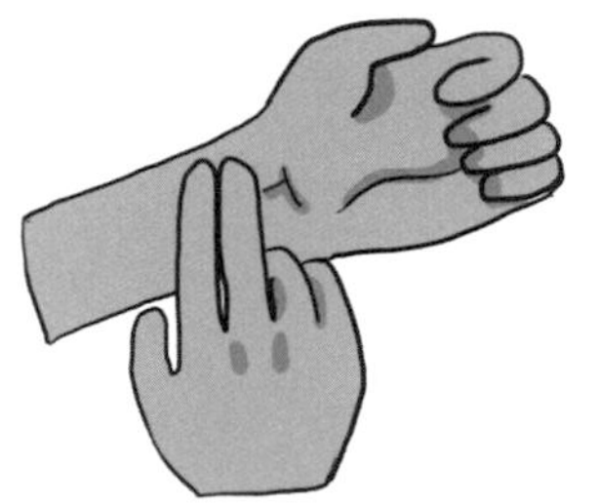

- ミュージカル
  myu.u.ji.ka.ru（歌舞劇）

- みょうじ【苗字】
  myo.o.ji（姓）

STEP 4
寫一寫，記得快又牢！

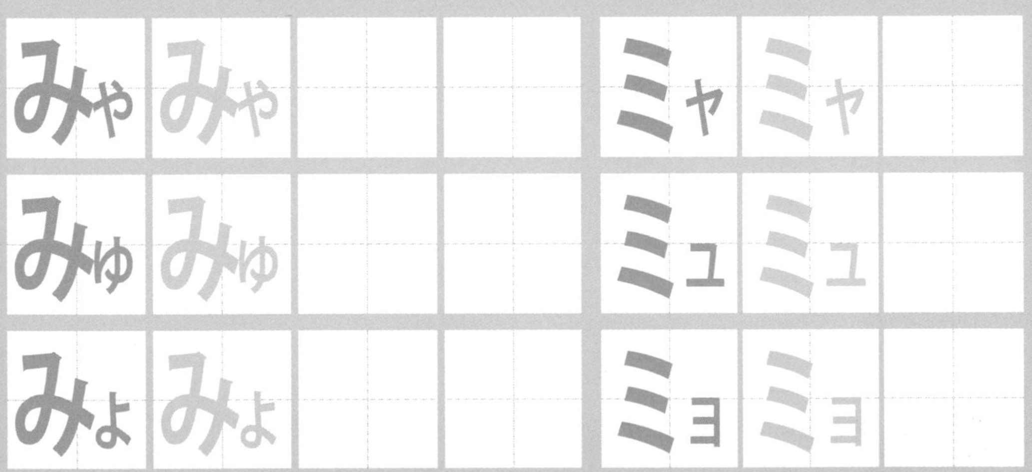

STEP 1
聽一聽，老師怎麼說！

MP3-081

りゃ リャ
りゅ リュ
りょ リョ

STEP 2
說一說，發音最標準！

「りゃ」是嘴巴自然地張開，將「り」（ri）和「や」（ya）用拼音方式，發出類似台語「抓」的聲音。

「りゅ」是嘴角向中間靠攏，將「り」（ri）和「ゆ」（yu）用拼音方式，發出類似台語「泥鰍」的「鰍」的聲音。

「りょ」是嘴唇呈圓形，將「り」（ri）和「よ」（yo）用拼音方式，發出類似「溜」的聲音。

りゃ	リャ
りゅ	リュ
りょ	リョ

STEP3
讀一讀，りゃ / りゅ / りょ有什麼呢？

- りゃく【略】
  rya.ku（省略）

- りゅうがく【留学】
  ryu.u.ga.ku（留學）

- りょこう【旅行】
  ryo.ko.o（旅行）

STEP 4
寫一寫，記得快又牢！

りゃ	りゃ			リャ	リャ	
りゅ	りゅ			リュ	リュ	
りょ	りょ			リョ	リョ	

STEP 1
聽一聽，老師怎麼說！

MP3-082

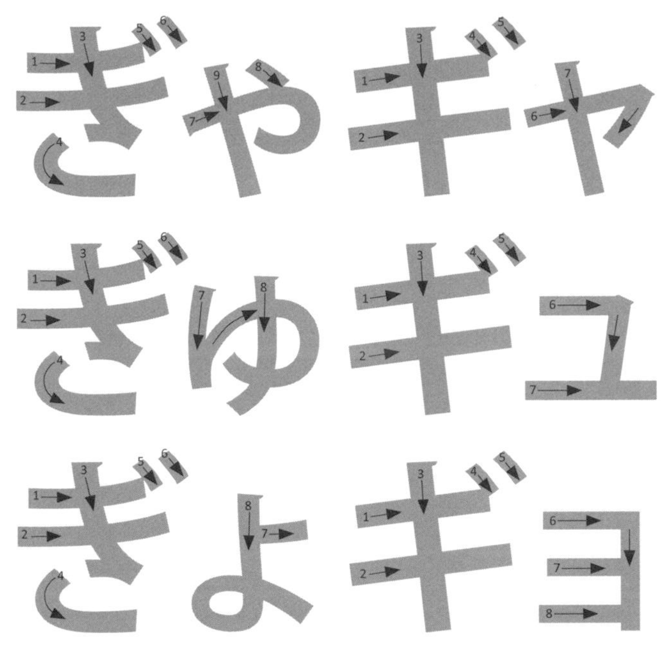

STEP 2
說一說，發音最標準！

「ぎゃ」是嘴巴自然地張開，將「ぎ」（gi）和「や」（ya）用拼音方式，發出「gya」的聲音。

「ぎゅ」是嘴角向中間靠攏，將「ぎ」（gi）和「ゆ」（yu）用拼音方式，發出類似台語「縮」的聲音。

「ぎょ」是嘴唇呈圓形，將「ぎ」（gi）和「よ」（yo）用拼音方式，發出類似台語「叫」的聲音。

STEP3
讀一讀，ぎゃ / ぎゅ / ぎょ有什麼呢？

- ぎゃくてん【逆転】
  gya.ku.te.n（逆轉）
- ぎゅうにく【牛肉】
  gyu.u.ni.ku（牛肉）
- ぎょかい【魚介】
  gyo.ka.i（魚類和貝類）

STEP 4
寫一寫，記得快又牢！

ぎゃ	ぎゃ			ギャ	ギャ	
ぎゅ	ぎゅ			ギュ	ギュ	
ぎょ	ぎょ			ギョ	ギョ	

STEP 1
聽一聽，老師怎麼説！

MP3-083

STEP 2
説一説，發音最標準！

「じゃ」是嘴巴自然地張開，將「じ」（ji）和「や」（ya）用拼音方式，發出類似「家」的聲音。

「じゅ」是嘴角向中間靠攏，將「じ」（ji）和「ゆ」（yu）用拼音方式，發出類似台語「周」的聲音。

「じょ」是嘴唇呈圓形，將「じ」（ji）和「よ」（yo）用拼音方式，發出類似「糾」的聲音。

STEP3
讀一讀，じゃ / じゅ / じょ有什麼呢？

- じゃんけん
  ja.n.ke.n（划拳）
- じゅく【塾】
  ju.ku（補習班）
- じょゆう【女優】
  jo.yu.u（女演員）

STEP 4
寫一寫，記得快又牢！

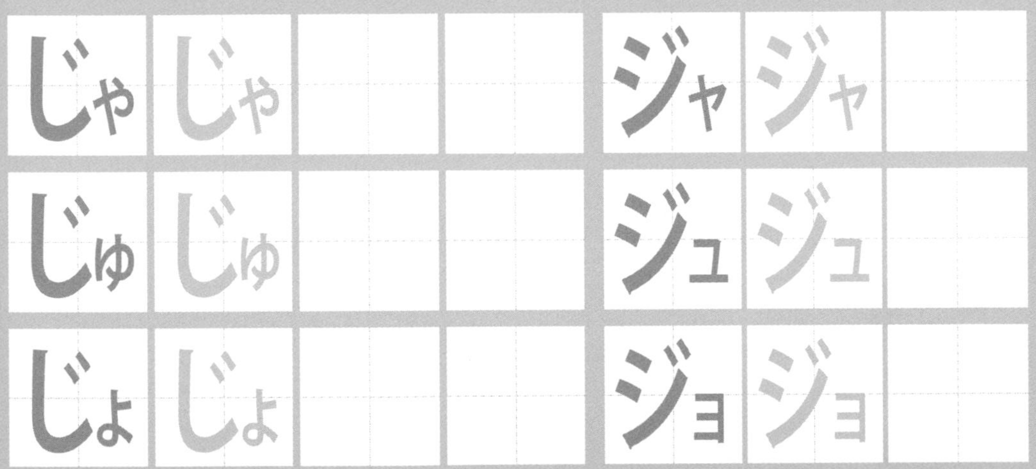

STEP 1
聽一聽，老師怎麼說！

MP3-084

びゃ　ビャ
びゅ　ビュ
びょ　ビョ

—發音—
bya
byu
byo

STEP 2
說一說，發音最標準！

「びゃ」是嘴巴自然地張開，將「び」（bi）和「や」（ya）用拼音方式，發出類似台語「壁」的聲音。

「びゅ」是嘴角向中間靠攏，將「び」（bi）和「ゆ」（yu）用拼音方式，發出「byu」的聲音。

「びょ」是嘴唇呈圓形，將「び」（bi）和「よ」（yo）用拼音方式，發出類似台語「標」的聲音。

STEP3

讀一讀，びゃ / びゅ / びょ有什麼呢？

- さんびゃく【三百】
  sa.n.bya.ku（三百）

- びゅんびゅん
  byu.n.byu.n（迅速的樣子）

- びょうき【病気】
  byo.o.ki（疾病）

STEP 4

寫一寫，記得快又牢！

びゃ	びゃ			ビャ	ビャ		
びゅ	びゅ			ビュ	ビュ		
びょ	びょ			ビョ	ビョ		

STEP 1
聽一聽，老師怎麼說！

MP3-085

ぴゃ ピャ
ぴゅ ピュ
ぴょ ピョ

STEP 2
說一說，發音最標準！

「ぴゃ」是嘴巴自然地張開，將「ぴ」（pi）和「や」（ya）用拼音方式，發出類似台語「癖」的聲音。

「ぴゅ」是嘴角向中間靠攏，將「ぴ」（pi）和「ゆ」（yu）用拼音方式，發出「pyu」的聲音。

「ぴょ」是嘴唇呈圓形，將「ぴ」（pi）和「よ」（yo）用拼音方式，發出類似台語「票」的聲音。

STEP3
讀一讀，ぴゃ / ぴゅ / ぴょ 有什麼呢？

- ろっぴゃく【六百】
  ro.p.pya.ku（六百）
- ぴゅうぴゅう
  pyu.u.pyu.u（咻咻，形容強風吹的聲音）
- ぴょんぴょん
  pyo.n.pyo.n（輕快蹦跳的樣子）

STEP 4
寫一寫，記得快又牢！

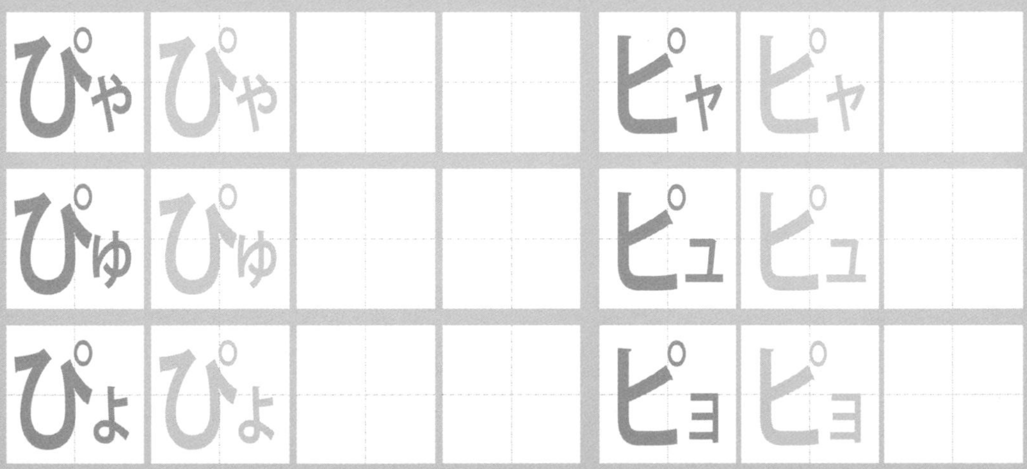

長音

STEP 1
聽一聽，老師怎麼說！

MP3-086

ー ｜

※ 片假名的長音，橫式書寫時一律用「ー」標示，例如：キー（鑰匙）；直式書寫時一律用「｜」標示，例如：キ｜

STEP 2
說一說，發音最標準！

あ、い、う、え、お是日語的母音，長音是兩個相同母音同時出現時所形成的音。日文的假名，每個字都要唸一拍，所以長音的發音，必須依據前面假名的母音，拉長多唸一拍。

おかあさん（媽媽）：あ段假名後面有あ時
おにいさん（哥哥）：い段假名後面有い時
くうき（空氣）：う段假名後面有う時
おねえさん（姊姊）：え段假名後面有え時
こおり（冰塊）：お段假名後面有お時
けいさつ（警察）：え段假名後面有い時
ようふく（衣服）：お段假名後面有う時

STEP3
讀一讀，長音有什麼呢？

- おばあさん【お婆さん】
  o.ba.a.sa.n（奶奶、老婦人）
- おじいさん【お爺さん】
  o.ji.i.sa.n（爺爺、老先生）

- コーヒー
  ko.o.hi.i（咖啡）
- ビール
  bi.i.ru（啤酒）

STEP 4
寫一寫，記得快又牢！

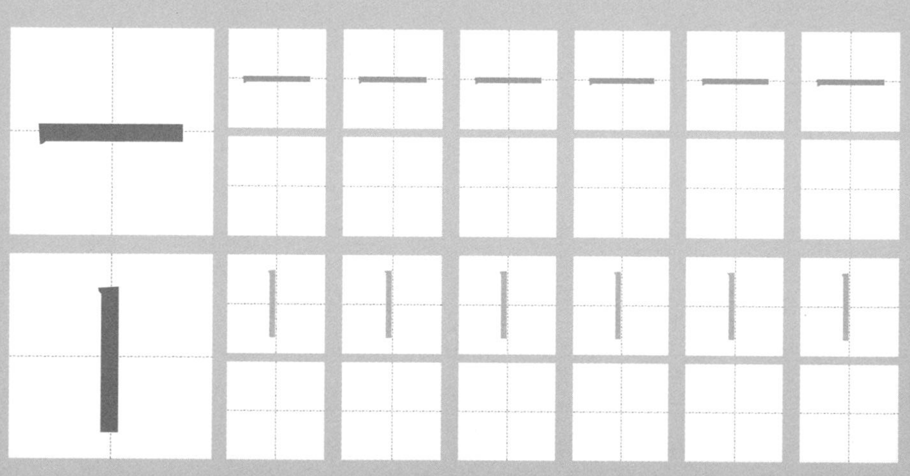

促音

STEP 1

聽一聽，老師怎麼說！

MP3-087

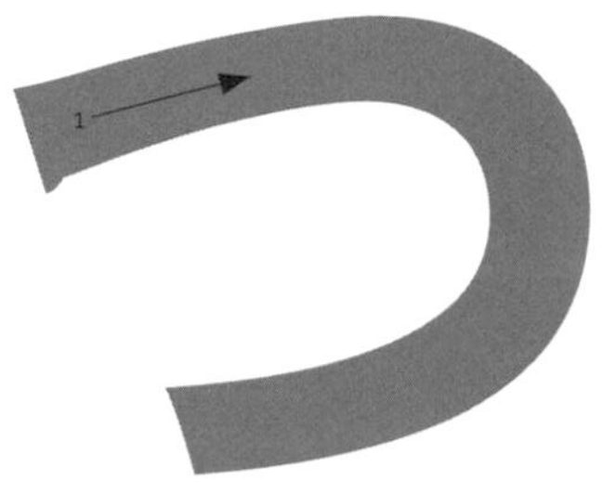

※ 日文的假名，每個字都要唸一拍，促音的情況為不發音，但仍須停留一拍。

STEP 2

說一說，發音最標準！

「っ / ッ」為促音，須附屬於假名之後，發音時不發出聲音，但須停頓一拍。

あっ あっ アッ

STEP3
讀一讀，っ / ッ 有什麼呢？

- きって【切手】
  ki.t.te（郵票）

- ざっし【雜誌】
  za.s.shi（雜誌）

- あさって【明後日】
  a.sa.t.te（後天）

- マッチ
  ma.c.chi（火柴）

STEP 4
寫一寫，記得快又牢！

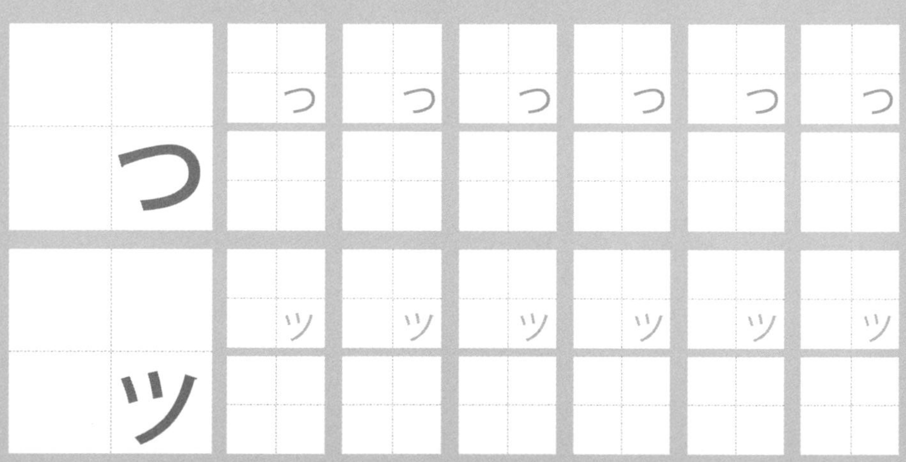

わ
分かりました。

wa.ka.ri.ma.shi.ta

知道了。

Part 4
實用字彙記得牢

請聆聽音檔裡面日籍老師的正確發音，跟著一起聽說讀寫，在熟悉日語假名語發音的同時，也學會 9 大類最實用的日語字彙！

家族（かぞく）　家庭樹

服（ふく）　衣服

色（いろ）　顏色

海鮮（かいせん）　海鮮

日用品（にちようひん）　日常用品

体（からだ）　身體部位

アクセサリー　配件、飾品

野菜と果物（やさい　くだもの）　蔬果

和食（わしょく）　日本料理

家族（かぞく） 家庭樹

MP3-088

聽一聽｜

わたし【私】

wa.ta.shi（我）

說一說｜**わたし**

讀一讀｜**わたし**

寫一寫｜

わたし	

聽一聽｜

ちち【父】

chi.chi（爸爸）

說一說｜**ちち**

讀一讀｜**ちち**

寫一寫｜

ちち	

聽一聽｜

はは【母】

ha.ha（媽媽）

說一說｜**はは**

讀一讀｜**はは**

寫一寫｜

はは	

聽一聽｜

あに【兄】

a.ni（哥哥）

說一說｜**あに**

讀一讀｜**あに**

寫一寫｜

あに	

家族（かぞく）家庭樹

聽一聽｜

あね【姉】

a.ne（姊姊）

說一說｜あね

讀一讀｜あね

寫一寫｜

あね	

聽一聽｜

おとうと【弟】

o.to.o.to（弟弟）

說一說｜おとうと

讀一讀｜おとうと

寫一寫｜

おとうと	

聽一聽｜

いもうと【妹】

i.mo.o.to（妹妹）

說一說｜いもうと

讀一讀｜いもうと

寫一寫｜

いもうと	

聽一聽｜

そふ【祖父】

so.fu（祖父）

說一說｜そふ

讀一讀｜そふ

寫一寫｜

そふ	

家族（かぞく） 家庭樹

MP3-088

聽一聽 |

そぼ【祖母】

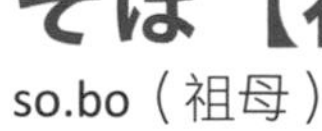

so.bo（祖母）

說一說 | **そぼ**

讀一讀 | **そぼ**

寫一寫 |

そぼ	

聽一聽 |

むすこ【息子】

mu.su.ko（兒子）

說一說 | **むすこ**

讀一讀 | **むすこ**

寫一寫 |

むすこ	

聽一聽 |

むすめ【娘】

mu.su.me（女兒）

說一說 | **むすめ**

讀一讀 | **むすめ**

寫一寫 |

むすめ	

聽一聽 |

まご【孫】

ma.go（孫子）

說一說 | **まご**

讀一讀 | **まご**

寫一寫 |

まご	

体(からだ) 身體部位

MP3-089

聽一聽｜

あたま【頭】

a.ta.ma（頭）

說一說｜あたま

讀一讀｜あたま

寫一寫｜

あたま	

聽一聽｜

かみのけ【髪の毛】

ka.mi.no.ke（頭髮）

說一說｜かみのけ

讀一讀｜かみのけ

寫一寫｜

かみのけ	

聽一聽｜

め【目】

me（眼睛）

說一說｜め

讀一讀｜め

寫一寫｜

め	

聽一聽｜

みみ【耳】

mi.mi（耳朵）

說一說｜みみ

讀一讀｜みみ

寫一寫｜

みみ	

体（からだ） 身體部位

MP3-089

聽一聽｜

はな【鼻】

ha.na（鼻子）

說一說｜**はな**

讀一讀｜**はな**

寫一寫｜

はな	

聽一聽｜

くち【口】

ku.chi（嘴巴）

說一說｜**くち**

讀一讀｜**くち**

寫一寫｜

くち	

聽一聽｜

て【手】

te（手）

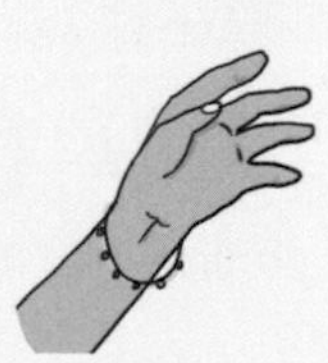

說一說｜**て**

讀一讀｜**て**

寫一寫｜

て	

聽一聽｜

あし【足】

a.shi（腳）

說一說｜**あし**

讀一讀｜**あし**

寫一寫｜

あし	

体（からだ） 身體部位

聽一聽｜

むね【胸】

mu.ne（胸）

說一說｜むね

讀一讀｜むね

寫一寫｜

むね	

聽一聽｜

こし【腰】

ko.shi（腰）

說一說｜こし

讀一讀｜こし

寫一寫｜

こし	

聽一聽｜

おなか【お腹】

o.na.ka（肚子）

說一說｜おなか

讀一讀｜おなか

寫一寫｜

おなか	

聽一聽｜

おしり【お尻】

o.shi.ri（屁股）

說一說｜おしり

讀一讀｜おしり

寫一寫｜

おしり	

服（ふく）衣服

MP3-090

聽一聽｜

シャツ

sha.tsu（襯衫）

說一說｜シャツ

讀一讀｜シャツ

寫一寫｜

シャツ	

聽一聽｜

ズボン

zu.bo.n（褲子）

說一說｜ズボン

讀一讀｜ズボン

寫一寫｜

ズボン	

聽一聽｜

スカート

su.ka.a.to（裙子）

說一說｜スカート

讀一讀｜スカート

寫一寫｜

スカート	

聽一聽｜

ワンピース

wa.n.pi.i.su（連身裙）

說一說｜ワンピース

讀一讀｜ワンピース

寫一寫｜

ワンピース	

服（ふく） 衣服

聽一聽｜

コート

ko.o.to（大衣）

說一說｜コート

讀一讀｜コート

寫一寫｜

コート	

聽一聽｜

ジャケット

ja.ke.t.to（夾克）

說一說｜ジャケット

讀一讀｜ジャケット

寫一寫｜

ジャケット	

聽一聽｜

せびろ【背広】

se.bi.ro（男士西裝）

說一說｜せびろ

讀一讀｜せびろ

寫一寫｜

せびろ	

聽一聽｜

セーター

se.e.ta.a（毛衣）

說一說｜セーター

讀一讀｜セーター

寫一寫｜

セーター	

服（ふく）衣服

MP3-090

聽一聽｜

ジーパン

ji.i.pa.n（牛仔褲）

說一說｜ジーパン

讀一讀｜ジーパン

寫一寫｜

ジーパン

聽一聽｜

ポロシャツ

po.ro.sha.tsu（POLO 衫）

說一說｜ポロシャツ

讀一讀｜ポロシャツ

寫一寫｜

ポロシャツ

聽一聽｜

ティーシャツ

ti.i.sha.tsu（T 恤）

說一說｜ティーシャツ

讀一讀｜ティーシャツ

寫一寫｜

ティーシャツ

聽一聽｜

けがわ【毛皮】

ke.ga.wa（毛皮大衣）

說一說｜けがわ

讀一讀｜けがわ

寫一寫｜

けがわ

アクセサリー 配件、飾品

MP3-091

聽一聽｜

めがね【眼鏡】

me.ga.ne（眼鏡）

說一說｜めがね

讀一讀｜めがね

寫一寫｜

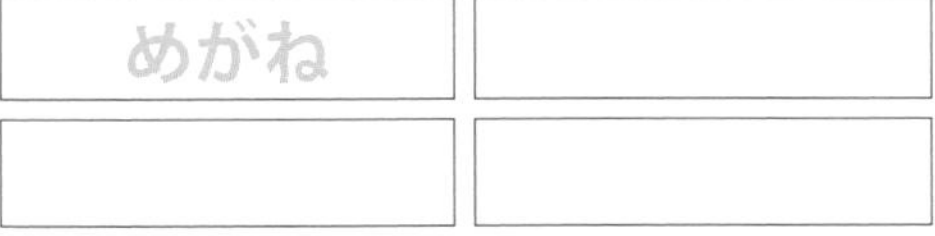

聽一聽｜

ぼうし【帽子】

bo.o.shi（帽子）

說一說｜ぼうし

讀一讀｜ぼうし

寫一寫｜

ぼうし

聽一聽｜

サングラス

sa.n.gu.ra.su（太陽眼鏡）

說一說｜サングラス

讀一讀｜サングラス

寫一寫｜

サングラス

聽一聽｜

ゆびわ【指輪】

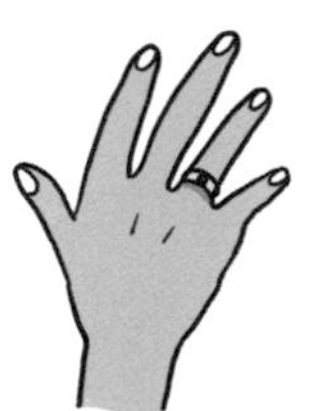

yu.bi.wa（戒指）

說一說｜ゆびわ

讀一讀｜ゆびわ

寫一寫｜

ゆびわ

アクセサリー 配件、飾品

MP3-091

聽一聽｜

ネックレス

ne.k.ku.re.su（項鍊）

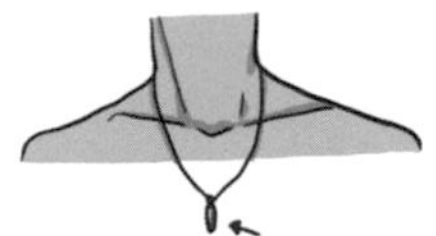

說一說｜ネックレス

讀一讀｜ネックレス

寫一寫｜

ネックレス

聽一聽｜

ベルト

be.ru.to（腰帶）

說一說｜ベルト

讀一讀｜ベルト

寫一寫｜

ベルト

聽一聽｜

イヤリング

i.ya.ri.n.gu（耳環）

說一說｜イヤリング

讀一讀｜イヤリング

寫一寫｜

イヤリング

聽一聽｜

ピアス

pi.a.su（穿式耳環）

說一說｜ピアス

讀一讀｜ピアス

寫一寫｜

ピアス

アクセサリー 配件、飾品

聽一聽｜

マフラー

ma.fu.ra.a（圍巾）

說一說｜**マフラー**

讀一讀｜**マフラー**

寫一寫｜

マフラー

聽一聽｜

ネクタイ

ne.ku.ta.i（領帶）

說一說｜**ネクタイ**

讀一讀｜**ネクタイ**

寫一寫｜

ネクタイ

聽一聽｜

うでどけい【腕時計】

u.de.do.ke.e（手錶）

說一說｜**うでどけい**

讀一讀｜**うでどけい**

寫一寫｜

うでどけい

聽一聽｜

スカーフ

su.ka.a.fu（絲巾）

說一說｜**スカーフ**

讀一讀｜**スカーフ**

寫一寫｜

スカーフ

色（いろ） 顏色

MP3-092

聽一聽｜

あか【赤】

a.ka（紅色）

說一說｜あか

讀一讀｜あか

寫一寫｜

あか

聽一聽｜

あお【青】

a.o（藍色）

說一說｜あお

讀一讀｜あお

寫一寫｜

あお

聽一聽｜

きいろ【黄色】

ki.i.ro（黃色）

說一說｜きいろ

讀一讀｜きいろ

寫一寫｜

きいろ

聽一聽｜

みどり【緑】

mi.do.ri（綠色）

說一說｜みどり

讀一讀｜みどり

寫一寫｜

みどり

色（いろ） 顏色

聽一聽｜

しろ【白】

shi.ro（白色）

說一說｜しろ

讀一讀｜しろ

寫一寫｜

しろ	

聽一聽｜

くろ【黒】

ku.ro（黑色）

說一說｜くろ

讀一讀｜くろ

寫一寫｜

くろ	

聽一聽｜

むらさき【紫】

mu.ra.sa.ki（紫色）

說一說｜むらさき

讀一讀｜むらさき

寫一寫｜

むらさき	

聽一聽｜

ピンク

pi.n.ku（粉紅色）

說一說｜ピンク

讀一讀｜ピンク

寫一寫｜

ピンク	

色（いろ） 顏色

MP3-092

聽一聽｜

オレンジ

o.re.n.ji（橘色）

說一說｜オレンジ

讀一讀｜オレンジ

寫一寫｜

オレンジ	

聽一聽｜

はいいろ【灰色】

ha.i.i.ro（灰色）

說一說｜はいいろ

讀一讀｜はいいろ

寫一寫｜

はいいろ	

聽一聽｜

きんいろ【金色】

ki.n.i.ro（金色）

說一說｜きんいろ

讀一讀｜きんいろ

寫一寫｜

きんいろ	

聽一聽｜

ぎんいろ【銀色】

gi.n.i.ro（銀色）

說一說｜ぎんいろ

讀一讀｜ぎんいろ

寫一寫｜

ぎんいろ	

野菜(やさい)と果物(くだもの) 蔬果

MP3-093

聽一聽｜

アスパラガス

a.su.pa.ra.ga.su（蘆筍）

說一說｜アスパラガス

讀一讀｜アスパラガス

寫一寫｜

アスパラガス	

聽一聽｜

にんじん【人参】

ni.n.ji.n（紅蘿蔔）

說一說｜にんじん

讀一讀｜にんじん

寫一寫｜

にんじん	

聽一聽｜

はくさい【白菜】

ha.ku.sa.i（大白菜）

說一說｜はくさい

讀一讀｜はくさい

寫一寫｜

はくさい	

聽一聽｜

キャベツ

kya.be.tsu（高麗菜）

說一說｜キャベツ

讀一讀｜キャベツ

寫一寫｜

キャベツ	

野菜(やさい)と果物(くだもの) 蔬果

MP3-093

聽一聽 |

ねぎ【葱】

ne.gi（蔥）

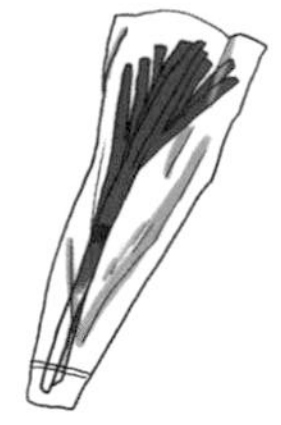

說一說 | **ねぎ**

讀一讀 | **ねぎ**

寫一寫 |

ねぎ	

聽一聽 |

もやし

mo.ya.shi（豆芽菜）

說一說 | **もやし**

讀一讀 | **もやし**

寫一寫 |

もやし	

聽一聽 |

レタス

re.ta.su
（萵苣、美生菜）

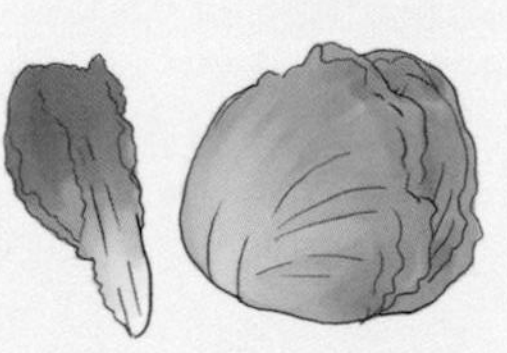

說一說 | **レタス**

讀一讀 | **レタス**

寫一寫 |

レタス	

聽一聽 |

タロいも
【タロ芋】

ta.ro.i.mo（芋頭）

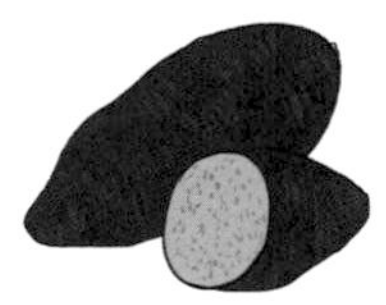

說一說 | **タロいも**

讀一讀 | **タロいも**

寫一寫 |

タロいも	

野菜と果物 蔬果

やさい くだもの

聽一聽｜

トマト

to.ma.to（蕃茄）

說一說｜トマト

讀一讀｜トマト

寫一寫｜

トマト	

聽一聽｜

ピーマン

pi.i.ma.n（青椒）

說一說｜ピーマン

讀一讀｜ピーマン

寫一寫｜

ピーマン	

聽一聽｜

たまねぎ【玉葱】

ta.ma.ne.gi（洋蔥）

說一說｜たまねぎ

讀一讀｜たまねぎ

寫一寫｜

たまねぎ	

聽一聽｜

ゴーヤ

go.o.ya（苦瓜）

說一說｜ゴーヤ

讀一讀｜ゴーヤ

寫一寫｜

ゴーヤ	

野菜（やさい）と果物（くだもの） 蔬果

MP3-093

聽一聽｜

かぼちゃ

ka.bo.cha（南瓜）

說一說｜かぼちゃ

讀一讀｜かぼちゃ

寫一寫｜

かぼちゃ	

聽一聽｜

しいたけ【椎茸】

shi.i.ta.ke（香菇）

說一說｜しいたけ

讀一讀｜しいたけ

寫一寫｜

しいたけ	

聽一聽｜

ほうれんそう【ほうれん草】

ho.o.re.n.so.o（菠菜）

說一說｜ほうれんそう

讀一讀｜ほうれんそう

寫一寫｜

ほうれんそう	

聽一聽｜

バナナ

ba.na.na（香蕉）

說一說｜バナナ

讀一讀｜バナナ

寫一寫｜

バナナ	

野菜（やさい）と果物（くだもの） 蔬果

聽一聽｜

りんご【林檎】

ri.n.go（蘋果）

說一說｜りんご

讀一讀｜りんご

寫一寫｜

聽一聽｜

パイナップル

pa.i.na.p.pu.ru（鳳梨）

說一說｜パイナップル

讀一讀｜パイナップル

寫一寫｜

パイナップル

聽一聽｜

グアバ

gu.a.ba（芭樂）

說一說｜グアバ

讀一讀｜グアバ

寫一寫｜

グアバ

聽一聽｜

マンゴー

ma.n.go.o（芒果）

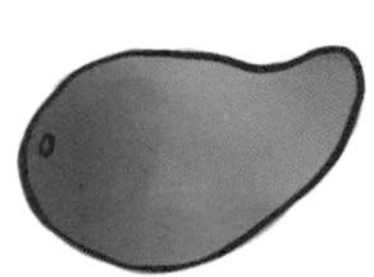

說一說｜マンゴー

讀一讀｜マンゴー

寫一寫｜

マンゴー

野菜(やさい)と果物(くだもの) 蔬果

MP3-093

聽一聽｜

さくらんぼ

sa.ku.ra.n.bo（櫻桃）

說一說｜さくらんぼ

讀一讀｜さくらんぼ

寫一寫｜

さくらんぼ

聽一聽｜

かき【柿】

ka.ki（柿子）

說一說｜かき

讀一讀｜かき

寫一寫｜

かき

聽一聽｜

みかん【蜜柑】

mi.ka.n（橘子）

說一說｜みかん

讀一讀｜みかん

寫一寫｜

みかん

聽一聽｜

いちご【苺】

i.chi.go（草莓）

說一說｜いちご

讀一讀｜いちご

寫一寫｜

いちご

海鮮（かいせん） 海鮮

MP3-094

聽一聽 |

さかな【魚】

sa.ka.na（魚）

說一說 | さかな

讀一讀 | さかな

寫一寫 |

さかな	

聽一聽 |

さけ【鮭】

sa.ke（鮭魚）

說一說 | さけ

讀一讀 | さけ

寫一寫 |

さけ	

聽一聽 |

まぐろ【鮪】

ma.gu.ro（鮪魚）

說一說 | まぐろ

讀一讀 | まぐろ

寫一寫 |

まぐろ	

聽一聽 |

たら【鱈】

ta.ra（鱈魚）

說一說 | たら

讀一讀 | たら

寫一寫 |

たら	

海鮮（かいせん） 海鮮

MP3-094

聽一聽｜

たい【鯛】

ta.i（鯛魚）

說一說｜たい

讀一讀｜たい

寫一寫｜

たい	

聽一聽｜

いか【烏賊】

i.ka（花枝）

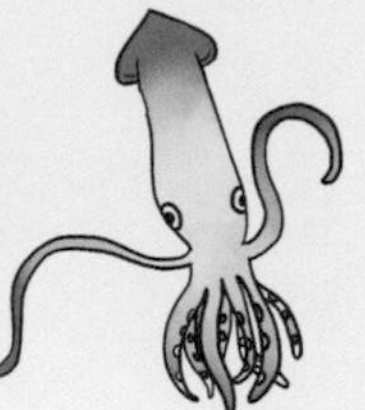

說一說｜いか

讀一讀｜いか

寫一寫｜

いか	

聽一聽｜

たこ【蛸】

ta.ko（章魚）

說一說｜たこ

讀一讀｜たこ

寫一寫｜

たこ	

聽一聽｜

うに【海胆】

u.ni（海膽）

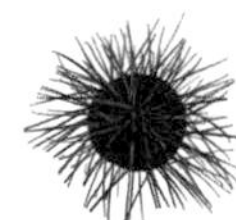

說一說｜うに

讀一讀｜うに

寫一寫｜

うに	

かいせん
海鮮 海鮮

聽一聽｜
えび【海老】
e.bi（蝦）

說一說｜えび

讀一讀｜えび

寫一寫｜

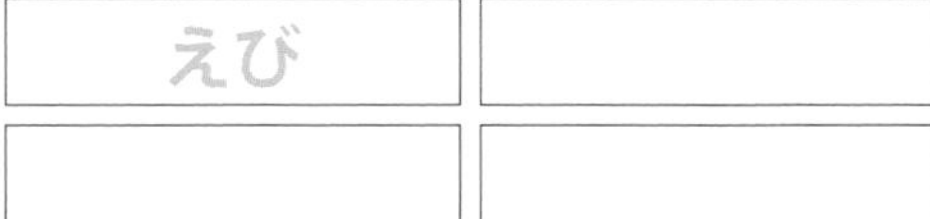

聽一聽｜
あわび【鮑】
a.wa.bi（鮑魚）

說一說｜あわび

讀一讀｜あわび

寫一寫｜

あわび

聽一聽｜
はまぐり【蛤】
ha.ma.gu.ri（蛤蜊）

說一說｜はまぐり

讀一讀｜はまぐり

寫一寫｜

はまぐり

聽一聽｜
うなぎ【鰻】
u.na.gi（鰻魚）

說一說｜うなぎ

讀一讀｜うなぎ

寫一寫｜

うなぎ

和食（わしょく） 日本料理

MP3-095

聽一聽｜

てんぷら【天ぷら】

te.n.pu.ra（天婦羅（炸物））

說一說｜てんぷら

讀一讀｜てんぷら

寫一寫｜

てんぷら

聽一聽｜

おでん

o.de.n（關東煮）

說一說｜おでん

讀一讀｜おでん

寫一寫｜

おでん

聽一聽｜

しゃぶしゃぶ

sha.bu.sha.bu（涮涮鍋）

說一說｜しゃぶしゃぶ

讀一讀｜しゃぶしゃぶ

寫一寫｜

しゃぶしゃぶ

聽一聽｜

とんかつ

to.n.ka.tsu（炸豬排）

說一說｜とんかつ

讀一讀｜とんかつ

寫一寫｜

とんかつ

和食(わしょく) 日本料理

聽一聽｜

ラーメン

ra.a.me.n（拉麵）

說一說｜ラーメン

讀一讀｜ラーメン

寫一寫｜

ラーメン	

聽一聽｜

うなどん【うな丼】

u.na.do.n（鰻魚蓋飯）

說一說｜うなどん

讀一讀｜うなどん

寫一寫｜

うなどん	

聽一聽｜

みそしる【味噌汁】

mi.so.shi.ru（味噌湯）

說一說｜みそしる

讀一讀｜みそしる

寫一寫｜

みそしる	

聽一聽｜

おこのみやき【お好み焼き】

o.ko.no.mi.ya.ki（什錦燒）

說一說｜おこのみやき

讀一讀｜おこのみやき

寫一寫｜

おこのみやき	

和食（わしょく） 日本料理

MP3-095

聽一聽｜

オムライス

o.mu.ra.i.su（蛋包飯）

說一說｜オムライス

讀一讀｜オムライス

寫一寫｜

オムライス	

聽一聽｜

おちゃづけ【お茶漬け】

o.cha.zu.ke（茶泡飯）

說一說｜おちゃづけ

讀一讀｜おちゃづけ

寫一寫｜

おちゃづけ	

聽一聽｜

やきとり【焼き鳥】

ya.ki.to.ri（串燒）

說一說｜やきとり

讀一讀｜やきとり

寫一寫｜

やきとり	

聽一聽｜

カレーライス

ka.re.e.ra.i.su（咖哩飯）

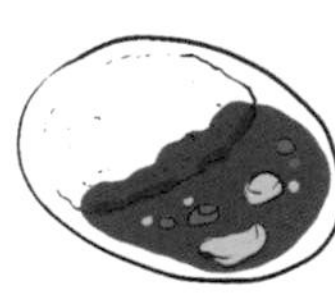

說一說｜カレーライス

讀一讀｜カレーライス

寫一寫｜

カレーライス	

<ruby>日用品<rt>にちようひん</rt></ruby> 日常物品

MP3-096

聽一聽｜

テレビ

te.re.bi（電視）

說一說｜テレビ

讀一讀｜テレビ

寫一寫｜

テレビ

聽一聽｜

ベッド

be.d.do（床）

說一說｜ベッド

讀一讀｜ベッド

寫一寫｜

ベッド

聽一聽｜

たんす【箪笥】

ta.n.su（衣櫃）

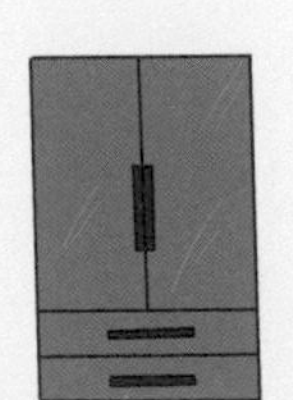

說一說｜たんす

讀一讀｜たんす

寫一寫｜

たんす

聽一聽｜

おしいれ【押入れ】

o.shi.i.re（壁櫥）

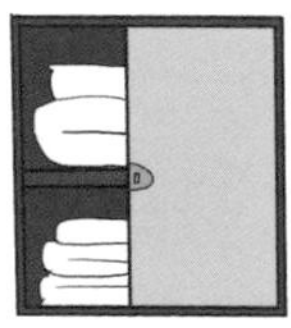

說一說｜おしいれ

讀一讀｜おしいれ

寫一寫｜

おしいれ

日用品（にちようひん） 日常物品

MP3-096

聽一聽｜

まど【窓】

ma.do（窗戶）

說一說｜まど

讀一讀｜まど

寫一寫｜

まど	

聽一聽｜

テーブル

te.e.bu.ru（桌子）

說一說｜テーブル

讀一讀｜テーブル

寫一寫｜

テーブル	

聽一聽｜

そうじき【掃除機】

so.o.ji.ki（吸塵器）

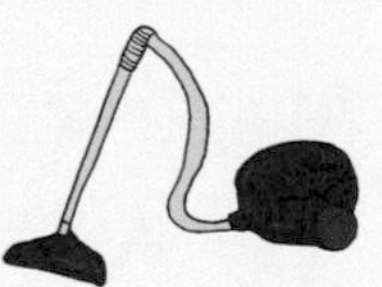

說一說｜そうじき

讀一讀｜そうじき

寫一寫｜

そうじき	

聽一聽｜

かがみ【鏡】

ka.ga.mi（鏡子）

說一說｜かがみ

讀一讀｜かがみ

寫一寫｜

かがみ	

日用品（にちようひん） 日常物品

聽一聽｜

ふとん【布団】

fu.to.n（棉被）

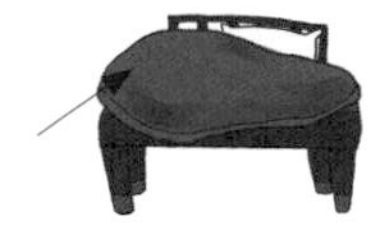

說一說｜ふとん

讀一讀｜ふとん

寫一寫｜

聽一聽｜

カーテン

ka.a.te.n（窗簾）

說一說｜カーテン

讀一讀｜カーテン

寫一寫｜

カーテン

聽一聽｜

スリッパ

su.ri.p.pa（拖鞋）

說一說｜スリッパ

讀一讀｜スリッパ

寫一寫｜

スリッパ

聽一聽｜

べんき【便器】

be.n.ki（馬桶）

說一說｜べんき

讀一讀｜べんき

寫一寫｜

べんき

さようなら。

sa.yo.o.na.ra

再見。

Part 5
生活會話開口說

學完發音又學了單字，別漏了 9 大主題常用會話，跟著音檔說一說，說出一口溜日語！

挨拶（あいさつ）する 打招呼

買（か）う 買

旅行（りょこう）する 旅遊

働（はたら）く 工作

感（かん）じる 感覺

食（た）べる 吃

行（い）く 去

学（まな）ぶ 學習

困（こま）る 困擾

あいさつする【挨拶する】

< a.i.sa.tsu.su.ru >；打招呼

MP3-097

- はじめまして。【初めまして】
  ha.ji.me.ma.shi.te
  初次見面。

- おはよう。
  o.ha.yo.o
  早安。

- こんにちは。
  ko.n.ni.chi.wa
  午安。

- こんばんは。
  ko.n.ba.n.wa
  晚安。

- おやすみなさい。【お休みなさい】
  o.ya.su.mi.na.sa.i
  晚安。（就寢前問候）

- ありがとう。
  a.ri.ga.to.o
  謝謝。

- すみません。
  su.mi.ma.se.n
  不好意思。

- さようなら。
  sa.yo.o.na.ra
  再見。

たべる【食べる】

< ta.be.ru >；吃

MP3-098

- いただきます。
  i.ta.da.ki.ma.su
  我要開動了。

- ごちそうさまでした。
  go.chi.so.o.sa.ma.de.shi.ta
  （用餐完畢）謝謝招待。

- おいしそうです。【美味しそうです】
  o.i.shi.so.o de.su
  看起來好好吃。

- おいしいです。【美味しいです】
  o.i.shi.i de.su
  很好吃。

- どうぞ。
  do.o.zo
  請享用。

- すしをください。【寿司をください】
  su.shi o ku.da.sa.i
  請給我壽司。

- おすすめはなんですか。【お薦めは何ですか】
  o.su.su.me wa na.n de.su ka
  推薦的是什麼呢？

- おなかがいっぱいです。【お腹がいっぱいです】
  o.na.ka ga i.p.pa.i de.su
  吃飽了。

かう【買う】

< ka.u >；買

MP3-**099**

- いくらですか。
  i.ku.ra de.su ka
  多少錢呢？

- ちいさいです。【小さいです】
  chi.i.sa.i de.su
  很小。

- おおきいです。【大きいです】
  o.o.ki.i de.su
  很大。

- たかいです。【高いです】
  ta.ka.i de.su
  很貴。

- やすいです。【安いです】
  ya.su.i de.su
  很便宜。

- これをください。
  ko.re o ku.da.sa.i
  請給我這個。

- これがほしいです。【これが欲しいです】
  ko.re ga ho.shi.i de.su
  我想要這個。

- やすくしてください。【安くしてください】
  ya.su.ku.shi.te ku.da.sa.i
  請算我便宜一點。

いく【行く】

< i.ku >；去

MP3-100

- えきはどこですか。【駅はどこですか】
  e.ki wa do.ko de.su ka
  車站在哪裡呢？

- ホテルまでおねがいします。【ホテルまでお願いします】
  ho.te.ru ma.de o ne.ga.i shi.ma.su
  請到飯店。（搭計程車）

- みぎです。【右です】
  mi.gi de.su
  （在）右邊。

- ひだりです。【左です】
  hi.da.ri de.su
  （在）左邊。

- まっすぐです。【真っ直ぐです】
  ma.s.su.gu de.su
  直走（就會到）。

- ちかいです。【近いです】
  chi.ka.i de.su
  很近。

- とおいです。【遠いです】
  to.o.i de.su
  很遠。

- まがってください。【曲がってください】
  ma.ga.t.te ku.da.sa.i
  請轉彎。

りょこうする【旅行する】

< ryo.ko.o.su.ru >；旅遊

MP3-**101**

- ホテルをよやくします。【ホテルを予約します】
  ho.te.ru o yo.ya.ku.shi.ma.su
  要預約飯店。

- たのしみです。【楽しみです】
  ta.no.shi.mi de.su
  很期待。

- よいたびを。【よい旅を】
  yo.i ta.bi o
  祝一路順風！

- きをつけてください。【気を付けてください】
  ki o tsu.ke.te ku.da.sa.i
  請小心！

- おふろはどこですか。【お風呂はどこですか】
  o.fu.ro wa do.ko de.su ka
  浴池在哪裡呢？

- プールはむりょうです。【プールは無料です】
  pu.u.ru wa mu.ryo.o de.su
  游泳池是免費的。

- はい、チーズ。
  ha.i chi.i.zu
  （拍照）來，笑一個。

- キャンセルしたいです。
  kya.n.se.ru.shi.ta.i de.su
  想要取消。

まなぶ【学ぶ】

< ma.na.bu >；學習

MP3-102

- がくせいです。【学生です】
  ga.ku.se.e de.su
  是學生。

- ちこくしました。【遅刻しました】
  chi.ko.ku.shi.ma.shi.ta
  遲到了。

- えいごがとくいです。【英語が得意です】
  e.e.go ga to.ku.i de.su
  英語很拿手。

- すうがくがにがてです。【数学が苦手です】
  su.u.ga.ku ga ni.ga.te de.su
  數學很差。

- もうすぐテストです。
  mo.o.su.gu te.su.to de.su
  馬上就要考試了。

- さぼらないでください。
  sa.bo.ra.na.i.de ku.da.sa.i
  請不要翹課。

- バイトはきんしです。【バイトは禁止です】
  ba.i.to wa ki.n.shi de.su
  禁止打工。

- カンニングはだめです。
  ka.n.ni.n.gu wa da.me de.su
  不可以作弊。

はたらく【働く】

< ha.ta.ra.ku >；工作

MP3-103

- やりがいがあります。
  ya.ri.ga.i ga a.ri.ma.su
  值得做；有意義的。

- いそがしいです。【忙しいです】
  i.so.ga.shi.i de.su
  很忙碌。

- もしもし。
  mo.shi.mo.shi
  （電話用語）喂。

- おしえてください。【教えてください】
  o.shi.e.te ku.da.sa.i
  請告訴（教）我。

- よろしくおねがいします。【よろしくお願いします】
  yo.ro.shi.ku o ne.ga.i shi.ma.su
  請多多指教。

- がんばります。【頑張ります】
  ga.n.ba.ri.ma.su
  我會加油的。

- きょうはざんぎょうです。【今日は残業です】
  kyo.o wa za.n.gyo.o de.su
  今天要加班。

- プレッシャーをかんじます。【プレッシャーを感じます】
  pu.re.s.sha.a o ka.n.ji.ma.su
  感覺到壓力。

こまる【困る】

< ko.ma.ru >；困擾

MP3-104

- たすけてください。【助けてください】
  ta.su.ke.te ku.da.sa.i
  請幫幫我。

- こまっています。【困っています】
  ko.ma.t.te i.ma.su
  正困擾著。

- でんきがつきません。【電気がつきません】
  de.n.ki ga tsu.ki.ma.se.n
  電燈不會亮。

- ドライヤーがありません。
  do.ra.i.ya.a ga a.ri.ma.se.n
  沒有吹風機。

- さいふをおとしました。【財布を落としました】
  sa.i.fu o o.to.shi.ma.shi.ta
  錢包掉了。

- どうしましたか。
  do.o shi.ma.shi.ta ka
  怎麼了？

- おなかがいたいです。【お腹が痛いです】
  o.na.ka ga i.ta.i de.su
  肚子痛。

- やっきょくはどこですか。【薬局はどこですか】
  ya.k.kyo.ku wa do.ko de.su ka
  藥局在哪裡？

かんじる【感じる】

< ka.n.ji.ru >；感覺

MP3-105

- うれしいです。【嬉しいです】
  u.re.shi.i de.su
  很開心。

- よかったです。【良かったです】
  yo.ka.t.ta de.su
  太好了。

- しあわせです。【幸せです】
  shi.a.wa.se de.su
  很幸福。

- おもしろいです。【面白いです】
  o.mo.shi.ro.i de.su
  很有趣。

- たのしいです。【楽しいです】
  ta.no.shi.i de.su
  很好玩。

- わくわくします。
  wa.ku.wa.ku.shi.ma.su
  很興奮；很期待。

- ほっとしました。
  ho.t.to.shi.ma.shi.ta
  鬆了一口氣。

- かんどうしました。【感動しました】
  ka.n.do.o.shi.ma.shi.ta
  很感動。

- かなしいです。【悲しいです】
ka.na.shi.i de.su
很傷心。

- くやしいです。【悔しいです】
ku.ya.shi.i de.su
很不甘心。

- つらいです。【辛いです】
tsu.ra.i de.su
很辛苦；很痛苦。

- なさけないです。【情けないです】
na.sa.ke.na.i de.su
很丟臉。

- さびしいです。【寂しいです】
sa.bi.shi.i de.su
很寂寞。

- こわいです。【怖いです】
ko.wa.i de.su
很害怕。

- ショックです。【ショックです】
sho.k.ku de.su
很震驚。

- つまらないです。
tsu.ma.ra.na.i de.su
很無聊。

國家圖書館出版品預行編目資料

日語50音聽・說・讀・寫一本通 新版 /
元氣日語編輯小組編著
-- 修訂二版 -- 臺北市：瑞蘭國際, 2023.10
240面；17×23公分 --（元氣日語系列；44）
ISBN：978-626-7274-68-2（平裝）
1. CST：日語 2. CST：語音 3. CST：假名

803.1134　　112016863

元氣日語系列 44

日語50音聽・說・讀・寫一本通 新版

編著｜元氣日語編輯小組
責任編輯｜葉仲芸、王愿琦
校對｜葉仲芸、王愿琦

日語錄音｜杉本好美、こんどうともこ
錄音室｜不凡數位錄音室、采漾錄音製作有限公司
視覺設計｜劉麗雪
美術插畫｜Syuan Ho

瑞蘭國際出版
董事長｜張暖彗・社長兼總編輯｜王愿琦
編輯部
副總編輯｜葉仲芸・主編｜潘治婷
設計部主任｜陳如琪
業務部
經理｜楊米琪・主任｜林湲洵・組長｜張毓庭

出版社｜瑞蘭國際有限公司・地址｜台北市大安區安和路一段104號7樓之一
電話｜(02)2700-4625・傳真｜(02)2700-4622・訂購專線｜(02)2700-4625
劃撥帳號｜19914152 瑞蘭國際有限公司
瑞蘭國際網路書城｜www.genki-japan.com.tw

法律顧問｜海灣國際法律事務所　呂錦峯律師

總經銷｜聯合發行股份有限公司・電話｜(02)2917-8022、2917-8042
傳真｜(02)2915-6275、2915-7212・印刷｜科億印刷股份有限公司
出版日期｜2023年10月初版1刷・定價｜420元・ISBN｜978-626-7274-68-2